아름다운 무지개

아름다운 무지개

새남 장편소설

문학나무

| 차례 |

1

009

2

022

3

040

4

059

5

086

6

120

7

158

발문 해제 | 일곱 색깔의 노래 | 황충상 소설가 183

☞ 인도어 표기는 현지음에 가깝게 적는 것을 원칙으로 하였다. 단, 혼동이나 오해를 불러올 수 있는 낱말에 대해서는 우리 식의 일반적인 표기를 괄호 속에 넣어 병기한다.

아름다운 무지개

1

나는 어떤 소리에 소스라치게 깜짝 놀라 잠을 깼다.

철썩 철썩, 쏴아……
쏴아 쏴아, 철썩……

시간을 알 수 없는 한밤중이었다.

온 세상을 모두 잠들게 하는 밤과 싸우는 벵골만의 바다, 그 우렁찬 해조음만이 점점 더 크고 더 요란해져 갔다.

쏴아 쏴아, 철썩……
철썩 철썩, 쏴아……

깊은 밤, 벵골만의 놀라운 파도소리, 너무나 뚜렷하고 굉장한 큰 소리, 하늘과 땅이 송두리째 무너지는 듯한 엄청난 폭풍우 소리, 바닷가의 내 방갈로를 순식간에 삼킬 듯한 어마어마한 소리.

쉬지 않고 이어지는 밀물은 높고 큰 파도소리로 지난 밤 내 잠을 모조리 앗아갔다.

지금 나는 벵골만 바닷가의 외딴 작은 방갈로에서 혼자 머물고 있다.

인도에서도 이름이 널리 알려져 있는 힌두교 성지이자 휴양지인 이곳은 크게 세 곳으로 나뉜다.

서쪽은 인도의 힌두교 순례자들 대부분이 머물다 떠나는 곳이고, 동쪽은 외국 여행자들이 장기 체류하고 있는 곳이며, 가운데는 작고 가난한 어촌이 그 옛날 어느 때부턴가 자리잡고 있는 곳이다.

그런데 이 방갈로는 위의 세 곳에서 홀로 따로 떨어져 있다.

방갈로 뒤와 좌우로 키 큰 야자나무 숲이 있고, 그 방갈로와 통하는 작은 길에는 이름 모를 야생화와 부겐빌레아꽃들이 흐드러지게 피어 있다.

벵골바다와 가장 가까운 방갈로는 대낮에 가끔 인도
인들이 무심코 다가오는 경우가 있지만 보통은 아주 인
적이 드물다.

방갈로 앞 황홀한 꽃길은 벵골바다 쪽으로 나 있다.

매일매일 나는 방안에서도 파도소리와 새소리, 바람
소리를 듣는다.

방문을 열거나 좁은 베란다에 오면 나는 가까이 있는
부겐빌레아와 인사를 나눈다.

키 큰 야자나무들이 바람에 긴 잎을 날리며 바다를
향해 서 있는 것을 보기만 해도 내 마음은 경쾌하다.

광활하게 펼쳐진 벵골바다와 수평선, 좌우로는 끝없
이 길고 긴 벵골만의 해변이 보인다.

내가 원하면 새벽 · 아침 · 대낮 · 저녁 · 밤 구분 없이
언제든지 바닷가를 느리게 산책할 수 있으며, 오전과
오후에는 해변의 어느 곳에서든지 아침 박명(薄明)과 일
출, 일몰과 저녁 박명을 감상할 수 있다.

이 방갈로는 벵골만 자연경관을 감상하기는 좋으나
일반 여행자가 오래 체류하기에는 너무 불편한 곳이다.

모든 부대시설은 동네 입구 사무실 옆에서 공동으로 사용해야 하기 때문이다.

방갈로는 모두 나무로 지어졌고 지붕은 야자나무 잎으로 겹겹이 쌓여 있으며 주변의 야자나무와 부겐빌레아, 들꽃들이 자연스럽게 울타리 역할을 해준다.

방안에는 작은 나무 침대 하나, 새벽에 추울 때 사용하는 담요 한 장, 식탁 겸용인 작은 나무 탁자 하나, 그리고 등받이와 손잡이가 없는 작은 나무의자 하나가 놓여 있다.

전등은 없고 대신 촛불과 등잔불이 있다. 밤에 전깃불이 자주 나가는 인도에선 차라리 잘된 셈이다. 그러나 나는 이곳에서 촛불과 등잔불마저도 거의 사용하지 않는다.

해가 지고 날이 어두워지면 혼자 바닷가를 찬찬히 걷거나 바닷가 모래 위에 앉아서 오랫동안 한 마음으로 달과 별을 바라보다가 방갈로에 돌아오면 간단한 명상을 하고 일찍 잠자리에 들기 때문에 불을 밝힐 필요가 없다.

처음에는 외부와 단절된 방갈로 생활이 몹시 불편했지만 단순하고 소박하게 하루하루 생활해 가면서 나도 모르는 사이에 아주 잘 적응하고 있어 마음은 위로와 생기를 얻는다.

사방팔방으로 탁 트인 공간 때문에 내 몸과 마음이 나날이 평온해지는 놀라운 변화를 스스로 생생하게 체험하고 있다.

방갈로는 자연 한가운데 있는 명상의 처소다. 나는 자연으로 열린 이곳에서 직접 자연을 보고, 자연의 소리를 듣고, 자연을 호흡하고, 자연을 맛보고, 자연을 접촉하고, 자연을 맘껏 느낄 수 있다.

그 느낌은 자연을 어떻게 대하느냐에 따라 자연이 달라지는 것을 알게 한다.

나의 생활이 싱그러운 자연과 교감하고 소통한다.

드디어 방갈로는 몸과 마음을 치유하는 쉼터가 된다.

방갈로에는 시계와 달력이 없다. 대문 자물쇠도 없다.

방안의 어느 곳에도 자물쇠를 사용하지 않는다. 자물쇠가 필요한 중요한 물건이 없기 때문이다. 문을 열지 못하게 무엇을 걸거나 꽂거나 채우는 일이 없는 방갈로의 생활은 출입이 늘 자유롭다.

특히 이 방갈로는 주위의 무관심과 침묵으로 더 자유로운 공간으로 살아 있다.

내가 원하면 방갈로에는 청소부가 잠깐 다녀간다.

나는 가끔 사무실의 직원과 간단한 눈인사를 나눌 뿐이다.

식사는 하루에 두 번, 오전과 오후에 한다.

오전에 동네 입구에 있는 채식 식당으로 가서 짜이 한 잔에다 인도 빵과 몇 가지 생야채를 먹거나 야채와 밥을 요리한 것을 먹는다.

오후에는 인도 음식 대신 요리사에게 따로 부탁해서 주문한 따끈따끈한 야채수프와 함께 감자를 몇 개 삶아서 그대로 먹는다. 이런 간단하고 소박한 식사에 나는 잘 적응되어 있다.

간식으로는 약간의 과일을 먹기 때문에 과일 몇 개는 언제나 방안 탁자 위에 준비되어 있다. 그리고 대낮에는 가끔 해변의 마을 상가에 가서 코코넛 물과 사탕수수 주스를 마시기도 한다.

내 짐은 방안에 있는 작은 배낭 하나뿐이다. 아무 것도 준비하지 않고 떠나 왔기 때문이다.

그동안 삭막하고 바쁜 삶을 살아왔다. 나는 '무엇을 위해 이토록 바쁘게 사는 것일까' 분명한 인생의 목적을 자문하며 혼자 떠나는 연습을 많이 했다. 그래서 이번만은 상황이 예전과 전혀 달랐다.

이전 삶은 모든 면에서 표면적으로는 정상적인 생활이었다. 하지만 마음속으로는 항상 헛헛하고 공허했다.

'나는 누구인가?'

'어디서 와서 어디로 가는가'

'내 진정한 삶은 어디에 있을까?'

'나를 찾아 홀로 어디론가 멀리 떠나고 싶다'

막연한 말만 수 없이 되뇌었다.

신문 · TV · 라디오 · 휴대전화의 말과 글, 정보의 홍수 속에서 날마다 더 빨리, 더 많이 기계처럼 반복되는 그 복잡하고 아등바등 절절거리는 바쁜 시간과 습관의 빽빽한 노예 생활이 귀찮아져서 어디론가 떠나거나 완전히 탈출하고 싶었다.

이번에 그런 평소의 마음속 염원이 한꺼번에 이루어지자 모든 것을 싹쓸이 정리하고 쉽게 떠나올 수 있었다.

나는 모든 사람들에게 마음속으로 '그동안 잘못한 것

을 참회합니다, 모두 제 탓입니다, 용서를 빕니다.'라고
몇 번이나 되뇌었다.

인도에 도착하자 책 몇 권이라도 가져오지 못한 것이
후회되었다. 그러나 방갈로 생활을 하면서 그 후회의
마음은 사라졌다.

독서는 한때 불우했던 소년시절과 끝없이 방황했던
청년시절의 유일한 내 마음의 양식이자 인생의 좋은 길
잡이가 되어 주었다고 생각한다.

그러나 지나고 나서 자세히 곱씹어 보면, 때때로 마
구잡이 책읽기 그 자체는 시간낭비였고, 어려웠던 지난
날의 내 인생에 독서가 직접적으로는 아무런 도움이 되
지 않았다. 오히려 수렁과 같은 것이어서 벗어나기 위
해서는 자신의 용기와 결단이 필요했다.

그만큼 자신에 맞는 책을 선택하여 읽는다는 것은 어
려운 일이고, 생활 속에서 그러한 독서를 실천하기란
더욱더 어려운 일이었다.

그리고 기존의 책에 나와 있는 지식은 그것이 아무리
훌륭하다 할지라도 일단 남의 말이요 남의 의견이기 때
문에 진정한 자기 주장과 자신의 사상을 가지려면 자기

의 사유와 체험이 전제되고 여과되는 단계가 반드시 필
요한 것이었다.

이번에는 몸과 마음이 철저히 혼자가 되어 떠나 왔
다.

오래 다니던 직장을 그만두고, 자가용을 처분하고,
TV와 라디오는 노인정에, 책들은 전부 마을 도서관에
기증했다. 그리고 오랫동안 모아둔 앨범들, 특히 여행
지에서 찍은 사진들과 기념품들, 문화 예술 공연 매뉴
얼들, 신문 잡지 스크랩북들, 갖가지 취미로 수집해둔
물건들, 수많은 편지들, 명함들과 메모용지들, 옷과 통
장들, 게다가 내가 항상 가지고 다니던 각종 단체의 많
은 사람들의 전화번호와 주소가 수록된 휴대폰까지도
정리하였다. 디지털 시대에 아날로그 생활로 돌아가는
것이었다.

개인 소유물들을 전부 버리거나 불태우거나 가차 없
이 정리하면서 나는 마음속으로 수도 없이 외쳤다.

'끊어라! 끊어라! 끊어라!'

그리고 어디로 떠날까?

여러 번 망설이다가 이 벵골바다를 선택했다.

이곳은 오랜 인도 여행 중에서 한두 번 잠깐 거쳐 갔

던 곳인데 그동안 잊혀지지 않고 두고두고 내 마음 한 가운데 꿈결같이 자리잡고 남아 있던 그리운 곳이었다.

지금 살고 있는 이 방갈로는 이 세상에서 아무도 모르는 내 현주소지이다.

어떤 친지나 직장 동료, 단 한 명의 친구는 물론이고 가족에게도 알리지 않았다.

철저히 홀로, 홀로 떠나서 혼자가 되고 싶었다.

이제부터 일체의 외부와 차단한 채 자연과 함께 고독 속에서 혼자 일탈의 생활을 해 보는 것이다.

여기는 찾아올 사람도 없고 아는 사람도 없으며 그 누구와도 만날 필요가 없다. 가족도 버리고, 직장도 버리고, 조국도 버리고, 종교도 버리고, 친구도 버리고…….

이 세상 어느 누구도 만나고 싶지 않다.

나는 고정된 틀에서 벗어나 자연 속에서 혼자만의 유유자적한 야인생활을 얼마나 오래 전부터 목마르게 꿈꿔 왔던가.

벼슬을 마다하고 초야에 묻혀 주경야독하는 선비의 모습, 숲속 암자에서 혼자 참선하는 스님이나 숲속 수도원 부속 기도소에서 고독과 침묵, 묵상과 성찰의 기도를 하는 수사를 얼마나 동경했던가.

단 하루만이라도 홀로, 고요하고, 자유롭게!

오늘은 아침 일찍 처음으로 방갈로에서 약간 떨어진 오밀조밀한 어촌을 방문한다.

가는 도중에 아침 박명과 해돋이를 보았다.

나는 해변 모래사장 위에서 맨발로 해를 향해 두 손 모아 절을 한다.

마음이 상쾌하고 신선하다.

바닷가 어촌에는 아침햇살이 살포시 내리비치고, 해변 모래사장 위 낡은 나무배들 옆에서는 어부들이 어망을 부지런히 손질하고 있다.

옹기옹기 다닥다닥 모여 있는 어촌의 집들은 모두 초라하고, 사용하지 않는 고깃배와 갈대 집들 앞에는 쓰레기 더미가 여기저기 너저분하게 널브러져 있으며, 그 주위에는 소·돼지·닭·개 등 여러 가축들이 서로 뒤엉켜 먹이를 찾고, 까마귀들은 돼지의 등에 타고 있다.

야자나무 잎으로 지붕을 만든 누추하고 낡은, 올망졸망 붙어 있는 어촌의 집들 앞에는 여러 개의 깃발이 나부끼는 긴 대나무가 서 있다.

부락마다 집집마다 해변 가에 꽂아 둔 그 대나무 위
에는 여러 색의 깃발이 달려 있다. 빨강 · 파랑 · 흰색 ·
노랑……, 깃대 하나에 한 가지 색의 깃발, 깃대 하나
에 한 가지 색의 두세 개의 깃발들, 또는 여러 색의 퇴
색한 낡은 깃발들이 바닷바람에 파닥파닥 나부낀다.

저 깃발들은 무엇을 상징할까?

어부들의 안전과 풍어(豊漁)를 기원하는 것일까?

새벽에 출항한 고깃배들이 하나둘씩 들어온다.

초라한 조각배다. 깡마른 어부들이 어망 속에 실어
온 많지 않은 크고 작은 생선들을 모래사장 위에다 마
구 내려놓는다.

어촌의 코흘리개 조무래기들이 사방에서 물고기를
구경하러 쪼르르 쪼르르 몰려온다.

어떤 꼬맹이들은 계속 초라한 연을 날리고 있다.

누추한 사리를 걸친 어촌의 아낙들이 머리 위에 헝겊
을 받치고 큰 생선들을 큰 나무 바구니에 잽싸게 담아
나르면, 덩달아 여자 애들이 작은 대바구니로 파닥거리
는 작은 생선들을 서투르게 옮긴다.

그 여자 애들은 목걸이와 반지를 차고, 코와 귀에는

고리를 달고, 팔찌·발찌·발가락지와 이마에까지 치렁치렁 장신구를 했는데, 생선을 나를 때마다 그것들이 아침 햇빛에 반짝이며 저마다 쟁강쟁강 잘랑잘랑 작은 소리를 낸다.

이 어촌의 어부들, 아낙네들, 아이들 모두 뙤약볕에 얼굴이 새까맣게 타고 옷은 누추하고 몸은 비쩍 말랐으나 표정은 너무 맑고 밝다.

한눈팔지 않고 즐겁게 한 가지 일을 열심히 하는 그들의 모습은 매우 강단이 있어 보이며 정감이 간다.

이 가난한 어촌이 언제 생겼는지는 모르지만 그 옛날부터 지금까지 배 만들고 고기 잡는 방법, 그리고 집과 마을에서의 생활은 거의 변함이 없었을 것이다.

그래서 이 벵골바다의 어촌은 더욱 평화롭다. 유난히도 따스하고 포근히 내리쬐는 아침햇살과 함께.

2

내 방갈로 주위에는
부겐빌레아꽃들이
그득그득 탐스럽게
피어 있습니다.

문을 열어도 볼 수 있고
베란다에서도 볼 수 있고
마당에서도 볼 수 있고
바닷가를 가고 올 때도 볼 수 있습니다.

마을입구 가게에서 짜이를 마시고 올 때
나는 그 꽃들을 더 잘 볼 수 있습니다.

한 낮에
방안이
후덥지근하면

나는 맨발로 나와
부겐빌레아 곁에 앉아서

오래도록 무심(無心)히
벵골바다를 바라봅니다.

부겐빌레아꽃들 앞에서
나는 황홀했습니다.

꼬나르끄*의 썬 템플*에서

---

* 꼬나르끄(코나라크) : 인도 동해안 오리싸 주(오리사 주) 벵골만 연안에 위
  치한 힌두교 유적지.

커주라호*사원에서
사라진 옛 궁궐의 폐허된 엄베르* 궁터에서
자유인으로 살고 간 명상가들의 아시럼*에서
보드가야*와 녹야원*에서
샨띠니께떤*에서
연꽃이 만발한 달호수*의 무글정원*에서

푹푹 찌던 무더운 어느 날
남인도의 어느 힌두사원*에서

---

* 썬 템플 : 태양신 수리야의 전차를 기념하여 표현한 사원.
* 커주라호(카주라호) : 인도 중부에 있는 유서 깊은 도시로, 쩬델라(칸델라)
왕조 때 시와신(시바신)과 위시누신(비슈누신), 젠교(자이나교) 대사제들에
게 봉헌했다는 유명한 사원들이 있음.
* 엄베르(암베르) : 제뿌르(자이푸르) 왕국의 옛 수도이며, 섬세한 분홍색을
띤 오색 찬란한 천혜의 요새 겸 궁전, 라즈뿟족 건축의 백미. 가장 로맨틱한
신화의 공간, 환상적인 궁전.
* 아시럼(아시람) : 원래 '은둔자'를 뜻하며, 수도의 장소를 가리킴. 하나는
남인도의 크리슈나무르티, 다른 하나는 와라느씨의 여자 명상가 아넌드마
이. 그녀의 아시럼은 알모라, 원댜찰, 허리드와르에도 있다.
* 보드가야 : 부다가야라고도 하며, 인도 북동부 비하르 주에 있는 불교 성지
로 부처가 성불한 보리수가 있음.

흐드러지게 피어 있었던
그 아름다운 부겐빌레아들
그 마법의 선홍색 꽃 앞에서
무리지어 차례를 기다리던
머리 뒤에 재스민꽃을 꽂은 남 인도 여인들의
도발적인 사리의 물결을 만났을 때
숨 막히게 끓어오르는 정염
아! 나는 황홀경에 빠졌습니다.

---

* 녹야원(싸르나트) : 보드가야에서 깨달음을 얻은 후 석가모니 부처의 첫 번째 설법을 한 곳.
* 샨띠니께떤(샨티니케턴) : '샨띠(평화로운)' 와 '니께떤(거주)' 이라는 두 개의 벵골 낱말에서 유래한 지명으로, 시인 따고르(타고르)가 이곳에 학교를 설립했음.
* 달호수 : 스리너거르(스리나가르) 북동쪽에 있는 넓고 아름다운 호수
* 무글정원(무굴정원) : 스리너거르 동쪽에 있는 샤자한 황제 시대에 아름다운 정원.
* 남 인도의 힌두사원 : 셀 수 없이 많은 신, 여신 · 동물 · 신화 속 인물들의 채색 조상들이 꼭대기부터 바닥까지 고뿌럼을 덮고 있다.

부겐빌레아와
빨간 사리의 인도 여인은
다정한 자매이며

부겐빌레아와
한낮의 눈부신 햇살은
다감한 오누이입니다.

인도 여인들은
언제 어디서나 사리를 입습니다.

집안에서, 결혼식장에서
사원 안에서, 아시럼에서
모든 축제에서, 꿈브 멜라*에서
겅가* 가뜨에서, 순례지에서

---

* 꿈브 멜라(쿰브 멜라) : 12년에 한 번 열리는 최대 규모의 힌두교 순례 축제.

비좁은 버스와 릭샤* 안에서
아기를 안은 도시와 시골에서
논과 밭과 공사장에서
나무와 짐을 나르는 길에서
몸에 많은 장신구를 하고
물 항아리를 머리에 이고 가는
라저스탄*의 사막에서도…….

여인의 옷 중에서
사리만큼 다채로운 것이 있을까?
길이와 폭이 여섯 마이며
단 한 군데도 바느질이 없는 옷
오랜 역사와 전통, 인도의 혼이 담긴 옷.

---

* 겅가(강가) : 강가로 이르는 계단길 또는 강변의 화장터 건물을 가리킴.
* 릭샤 : 인도식 인력거로 사이클릭샤(자전거릭샤)와 오토릭샤가 있음.
* 라저스탄(라자스탄) : 인도 북서부의 주로 '왕이 사는 곳' 이란 뜻이며, 주도
  는 제뿌르(자이푸르).

부겐빌레아는
꽃이 워낙 작아서
벌과 나비를 유인하고
큰 꽃처럼 보이려고

꼭 종이 같은 주변의 잎이
연분홍, 진분홍, 다홍의
꽃잎으로 변했습니다.

그 잎 속에는 세 개의 작은 분홍 꽃이
봉긋봉긋 올라오는데
하나씩 피고 지고
동시에 피고 집니다.

그 작은 핑크빛 꽃이 만개할 때
그 꽃받침의 작은 잎 끝은

다섯 개의 더 작은
하얀 꽃술로 나누어져서
작은 미풍에도 방긋방긋 웃습니다.

부겐빌레아는
내 친구입니다.

내가 방갈로를
가고 올 때

그 꽃에
인사하면

그 꽃은 항상 다정한 눈길로
먼저 나를 반깁니다.

새빨간 열정의 빛
부겐빌레아는
태양을 사랑합니다.

해가 뜨면
그 꽃은
다시 새롭게 만발하고

해가 지면
그 꽃은
다시 슬프게 시듭니다.

정오에만
부겐빌레아는
태양에게
눈부시게 아름다운
자신의 사랑의 밀어를

숨김없이 고백하나 봅니다.

부겐빌레아는
햇볕에 살고 죽는 꽃입니다.

바람 부는 흐린 어느 날
특히 비 오는 날에는
하루 종일 빛을 잃고
그 나뭇잎과 꽃들이
땅에 흩날리며
슬픔에 잠깁니다.

해가 사라지면
자신의 참모습을
완전히 상실합니다.

평소에 그 꽃 속에서 놀던
노랑부리새들도
땅에 뚝뚝 떨어진
슬픈 꽃잎들을 보면서
노래를 멈춥니다.

드디어 해가 나오자
나는 보았습니다.

새들은 다시 노래했으며
그 꽃나무들 사이사이로
머리와 부리 작은 새가
빙빙 날아다니고

배가 통통한 갈색의 벌도
윙윙 거리고 있었습니다.
나불나불 나는

다른 나비들과 함께.

내 방갈로의
길가 야생화들

뱅골만 들판과
저 멀리 숲길에도

그 들꽃들은 하늘하늘
홀로 피고 집니다.

한 송이 들꽃이 피기 위해서는
온 우주의 인연이 피어납니다.

어느 날, 나는 우연히 넋을 잃고

스스로 드러나기를
드러내기를 좋아하지 않는
들꽃을 바라보았습니다.

이름 모를 이 들꽃은
키가 매우 작으며
한 개의 작은 줄기에
다섯 개의 진초록 잎, 꽃받침에는
다섯 개의 연분홍 흰 꽃술이
조롱조롱 달렸습니다.

이름 모를 다른 두 야생화들
하나는
작은 가지들마다
더 작은 꽃다발 모양으로
짧고 많은 꽃들이
네 개의 연주홍빛 꽃술을 대롱대롱 달고

다른 하나는
다섯 개의 연보라 꽃술을 아장아장 뽐냅니다.

자세히 살펴보면
이 야생화는

모진 바람비에도
그 꽃이

쉽게 떨어지거나
잎이 시들지 않습니다.

이 들꽃은
누가 뿌린 것이 아니고

씨가 바람에 날려

자란 꽃이라

여리게 보이지만
매우 강한 것 같습니다.

나는 이 야생화를
부겐빌레아와 함께
좋아하며

이 들꽃과
자주 무언의
대화를 합니다.

꽃의
최고 미덕은
침묵입니다.

꽃이 날마다
새롭게 피어나는 것은
사랑입니다.

꽃의 생명은
우주의 존귀한 유일자요
비교할 수 없는 존재입니다.

이 들꽃은 땅에 낮게 자라서
쉽게 알아 볼 수 없으며

아름다운 향기도 없으며
초라한 꽃이라 할 수 있습니다.

이 들꽃은 부겐빌레아를
탐내거나 비교하지도 않으며

아무도 관심을 주지 않지만
결코 외로워하지 않고

자신에게 주어진 것에 만족하며
주위의 모든 변화에 잘 참으면서

매순간 말없이 본래의 모습으로
최선을 다해 살고 있을 뿐입니다.

오, 님이시여!
이 들꽃은
부겐빌레아와

서로서로
너무너무 잘 어울리며
살고 있습니다.

오, 님이시여!
나는 꽃처럼 살고 싶습니다
나는 꽃이 되고 싶습니다
나와 꽃은 하나입니다
나는 꽃이 됩니다.

3

새들이 잠들 때는 사람들도 낮 동안의 활동을 중단하고 밤의 긴 휴식에 들어가지만, 밤에도 쉬지 않고 움직이는 파도는 그 소리만으로 벵골만을 지배한다.

그러나 새들이 홰치는 소리를 내면서 잠에서 깨어나고 낮에 사람들이 다시 움직이기 시작하면 파도소리는 바다로 밀려가고, 야자나무가 숲을 이루는 동네마다 조잘조잘 새들의 청아한 노래 소리가 밤의 파도소리를 대신한다.

그 소리들 가운데 가장 으뜸가는 새는 까마귀와 노랑부리새이다.

이웃 동네나 내 방갈로에서 제일 먼저 새벽의 전령사

는 까마귀 떼들의 소리다.

깍~깍 한 마리가 목청을 높이면, 이것을 신호로 여럿이 까옥거리기도 한다.

벵골만의 까마귀들은 두 종류이다.

멀리서 보면 모두 검지만 가까이서 자세히 관찰하면 검은색만이 아니고, 여러 가지 색깔로 특히 목과 배 부분은 연회색이 많다.

작은 까마귀들은 목이 회색이며, 큰 까마귀들은 몸 전체가 짙은 검은색이다.

다음은 '노랑부리새'이다.

조류도감을 참고하지 않고 이름을 내가 지었다.

부리·눈·다리·이마 주변이 노랗고, 날 때 두 날개와 꼬리 부분에 흰 색깔을 드러낸다.

새들을 좋아하며 언제부턴가 가볍게 더 높이 더 자유롭게 하늘을 나는 새들을 동경했다. 그리고 때로 허공을 외롭게 날아다니는 새들에게 연민을 가졌다.

그러나 10년 전 인도에 처음 왔을 때 새에 대한 인상은 좋지 않았다. 극심한 무질서와 혼돈과 최악인 도시 꼴까따(인도 서벵골 주의 주도)는 거리마다 수많은 노숙자들이 웅크린 채 자고, 괴나리봇짐을 어깨에 멘 사람들은 피난민 같았다. 춥고 어둡고 낯선 겨울, 그 으스름이 깔린 하우라역전 광장과 대합실에서 철도역 짐꾼들 쿨리들과 함께 본 커다란 까마귀 떼들은 큰 무서움과 공포의 대상이었다.

그뿐인가, 포장되지 않고 화장하지 않은 채 적나라하게 표출되는 인도의 다양하고 처절한 삶의 현장에서 그 문화의 충격으로 넘어지고 깨지며 전율하고 절망할 때마다, 내 앞에는 어김없이 수많은 그 까마귀 떼들이 나를 정면으로 쉴 새 없이 까옥까옥거리고 있었다.

지금 나는 벵골만의 열린 공간에서 여유롭게 살고 있으며, 내 몸과 영혼은 자연 속에서 느리게 움직이고 단순하게 숨쉬고 있다.

지난날의 까마귀에 대한 부정적인 이미지가 이제는 완전히 정반대로 바뀌었다.

이제 벵골만에서 까마귀를 보면 너무 정겹고, 그 까옥거리는 소리를 들으면 아주 친근하다.

한번은 방갈로에 야생 원숭이 한 마리가 나타났다. 히말라야에서는 가끔 본적이 있지만 여기선 처음 있는 일이다. 저 멀리 벵골만의 정글 지대에서 여기까지 온 것일까.

　나는 이마가 붉은 원숭이에게 바나나 한 개를 던져주었다. 원숭이는 잽싸게 바나나를 가져가더니 껍질을 입으로 쏙 벗겨내고 알맹이만 순식간에 먹어 치운다. 잠시 후 원숭이는 슬몃슬몃 어디론가 사라진다. 새롭고 기이한 모습이다.

새 소리 파도소리 바람소리
모든 소리 자연의 소리

모든 자연이 깨어나는
기적의 소리

자연은 언제나 아낌없이 주는 자리
영원한 즐거움이 있는 자리

자연 속에서는
모두가 주인이며 하나이다.

자연은 우리의 영원한 고향
모든 것은 자연으로 통한다.

벵골만에 인접한 작은 시골마을, 그곳에서 유일하게 떨어져 있는 내 외딴 방갈로는 인도식 방갈로. 집 주위의 키 큰 야자나무들, 화려한 부겐빌레아들, 길가에 피어 있는 야생화들.

방갈로 주변에서 생명의 찬가인 즐거운 노래로 새로운 하루하루를 맞게 해주는 새들은 까마귀와 노랑부리새이다.

까옥 까옥, 깍~깍하고 팡파르를 울리는 까마귀의 소리는 둔탁하면서도 큰 폭으로 길고 멀리 소리의 파장을 일으킨다.

작은 노랑부리새의 조잘대는 소리는 낭랑하고 경쾌해서 그 소리의 울림은 가늘고 짧지만 매우 명랑하다.

나는 이 두 새들이 새벽에 노래를 시작할 때 일어나고, 밤에 새들이 잠들면 자리에 눕는다. 새들과 함께 하루가 새롭게 시작되고 하루가 끝이 난다.

적막이 감도는 대낮
야자나무 숲의 작은 마을과
내 외딴 방갈로

까~옥, 깍
까~옥, 깍
까옥 ~까옥, 깍~깍
까옥 ~까옥, 깍~깍

까마귀 한 마리의
까옥거리는 소리만으로도
온 천지가 쩌렁쩌렁하다.

저 먼 곳에서 온
신이 까마귀로 둔갑해서
고독한 내 영혼에게
위로를 해주는 걸까?

나는 방갈로의 베란다에 앉아서 평소처럼 부겐빌레

아와 인사를 나누고, 키 큰 야자나무들의 늘어진 큰 잎 사이로 보이는 먼 벵골바다를 한가히 바라보다 눈길을 옮긴다.

부겐빌레아꽃나무에 노랑부리 흰 꼬리 새 두 마리가 가벼운 날갯짓으로 포르륵 포르륵 날아와서 맑고 청량하게 노래하고 있다.

어느 날, 평소에 내가 다니던 인도 채식 식당에서 먹다 남아 갖고 온 인도빵을 무심코 약간 떼어서 노랑부리새들에게 던져주었다.

그 새들은 재빠르면서도 조심조심 베란다까지 와서 빵을 아주 맛있게 먹어 치웠다. 이어 어디선가 까마귀 한 마리도 날아오더니 노랑부리새들과 합세하는 것이 아닌가.

우연한 기회로 새들에게 모이를 주다가 의외로 그들과 쉽게 가까워지는 방법을 알게 되었다.

그러나 비둘기는 달랐다. 방갈로의 처마 밑에서 날마다 잠도 자고 조그만 마른 나뭇가지들을 부리로 물고 와서 둥지를 짓기도 하는 비둘기 한 쌍은 구구~구, 구구~구 소리만 내지 내가 주는 먹이에는 전혀 관심이 없다.

비둘기는 멀리 이동을 하지 않는다. 나무 열매와 곤충을 먹으며, 마른 작은 나뭇가지로 된 둥지에는 두 개의 알을 낳았다. 몸 전체가 회색이며 날개깃과 꽁지깃은 검은 갈색, 꽁지 끝은 희다.

새들에게 먹이를 주면서 적어도 하루에 두 번 이상 까마귀들이나 노랑부리새들과 친하게 되었다.

날마다 그 새들과 자주 만날 수 있는 것은 매우 즐거운 일이다.

새들은 한시도 가만 있지 않고 이 가지에서 저 가지로 날아다닌다. 가지 위에서도 폴짝거리거나 온갖 자세로 작은 가지 사이를 누빈다.

아침마다 나무 위에서 경쾌하고 명랑한 노래를 해 주는 노랑부리새들과 특히 높은 하늘을 날거나 큰 야자나무들 위에 앉아서 하루 종일 깍깍거리는 까마귀들은 먼 발치에서 바라보기만 했는데, 이제는 그 새들이 내 방갈로의 베란다에까지 요리조리 종종걸음으로 와서 내가 던져주는 먹이들을 톡톡 쪼아 먹는다.

그 모습을 직접 내 눈으로 가까이 볼 수 있다는 것은

벵골의 바닷가에서 외부와 차단된 채 홀로 사는 생활에서는 큰 변화라고 할 수 있다.

각기 특성을 갖고 살아가는 숲속의 새들은 우리와 결코 멀리 있는 것이 아니다. 그동안 나는 감성이 메마른 도시인들 중의 한 사람으로 너무 흔하다보니 새들에 별 관심이 없었다.

먹이를 줄 때 가장 빨리 많은 수가 모이는 것은 까마귀와 노랑부리새이다.

오전에는 빵을, 오후에는 콩과 향신료를 섞어 스튜로 만든 요리인 달과 빵을 갖고 와서 문 밖에 내놓는다. 때때로 빵을 더 작게 만들어서 나누어 주면 새들은 더 쉽게 잘 먹는다.

먹이 주는 시간에 내가 그릇을 들고 베란다에 나서자 먼저 와 있던 까마귀 한 마리가 무슨 신호인지 깍 깍 한두 번 지저귀니 어디선가 순식간에 수십 마리의 까마귀들이 까맣게 화르르 화르르 날아왔다. 어느 때는 수백 마리, 어느 때는 그 이상 모인다.

그런데 어느 날 오후 동네의 채식 식당에서 얻어 온 달쌀밥과 남은 음식을 문 밖에 갖다 놓았더니 어느 틈

엔가 내 방갈로의 베란다와 마당은 헤아릴 수 없을 정
도로 많은 위풍당당한 벵골 까마귀 떼들에 의해서 완전
히 포위되어 점령당하고 말았다.

오, 님이시여!
상상해보십시오.
하늘을 나는 수도 없이 많은 새떼들이 새까맣게 모두
땅에 내려 모여 앉아 있는 것!
정말로 눈 깜짝할 사이에 일어난 전대미문의 일, 영
원히 잊지 못할 이 기막힌 현장을!
그때 내가 체험한 뜻밖의 경탄과 탄성의 순간을!
그리고 무상(無償)으로 만나고 함께 나누는 단순한 그
기쁨을!

오, 님이시여!
나는 새들과 함께 살고 싶습니다.
나는 새가 되고 싶습니다.
나와 새는 하나입니다.
나는 새가 됩니다.

까마귀들이 모이를 먹고 떠난 후 어느 날은 노랑부리 새들이 방갈로의 베란다로 무리지어 포르르 포르르 날아왔다.

그 노랑부리새들 가운데 한 마리가 날개를 파르르 떨면서 가늘고 연약한 한쪽 다리를 절고 다시 한쪽을 뒤뚱뒤뚱 질질 끌며 걷고 있었다.

그 작은 경이로운 생명체가 측은지심을 불러일으켰다. 나는 그 새에게 모이를 더 많이 던져주었다.

다리가 아픈 그 노랑부리새는 다음날 그 다음날 삼일을 연이어 먹이 시간에 다른 새들과 함께 가만가만 날아와서 나와 아주 가까운 친구처럼 친해졌다.

가냘픈 울음소리와 부드러운 몸짓 그리고 섬세하고 가벼운 깃털로만 나에게 의사전달을 하면서!

그러나 어찌된 일인가, 그 다음날 이후로는 아무리 기다려도 그 새가 나타나지 않는다.

작고 가벼운 깃털 하나만 덩그러니 바닥에 남긴 새가 눈에 선하다.

아픈 다리가 악화되어 더 날지도 더 걷지도 못하는 걸까?

아니면 그 새는 죽었을까……?

내 마음은 허전하고 섭섭했다.

새들에게 모이 주기, 그것은 나 홀로 외떨어져 사는 방갈로에서 또 다른 새로운 즐거움으로 자리잡는다.

까마귀들 중에서 한 마리는 꼬리 부분에 흰 얼룩을 갖고 있는데 모이를 줄 때 그 새는 다른 새들보다 겁 없이 입구까지 와서 방문을 콕콕콕 쪼아대다가 태연스레 먹는다.

베란다에서 먹이를 던져줄 때도 대부분의 까마귀들은 마당에서 주워 먹는데, 그 한 마리는 내 앞이나 옆에까지 조심조심 가만가만 다가와서 다른 새들과 경쟁도 없이 여유 있게 먹기도 한다.

까마귀들 중에는 몸집이 작은 회색 까마귀가 대부분이다. 내가 던져주는 모이를 먹을 때는 토실토실 덩치가 크고 강해 보이는 기세등등한 검은 까마귀들이 힘을 과시하며 모이를 독차지하기 때문에 회색 까마귀는 영역의 위협을 받는다. 회색 까마귀들은 수는 훨씬 많지만 조심스레 전진과 후퇴를 하면서 여기가 자기의 세력권이라고 경고 신호를 하면서도 호시탐탐 기회를 노리는 검은 까마귀를 의식하며 먹이를 먹는다.

회색 까마귀는 사람들과 잘 지내며 이웃으로 사는 이 점을 잘 활용하는 것 같다. 한번 점찍은 장소에 매우 집착하며 어깨를 좌우로 내밀며 성큼성큼 걷고 가끔 옆으로 폴짝폴짝 뛰기도 한다.

새들은 항상 아주 조심조심스럽다. 그들은 서로서로 경계를 하면서 먹이를 쪼아 먹는다.

내가 더 가까이 가면 그들은 물러나고, 내가 물러나면 그들은 더 가까이 다가오고를 반복한다.

한 마리 새가 욕심을 내어 부리에 두세 개의 모이를 한꺼번에 물면 다른 새가 그 새의 부리에 있는 모이를 빼앗으려고 하다가 혼비백산 서로서로 토닥토닥 싸움이 벌어진다.

너무 많은 모이를 한입 가득가득 물고 날아가던 어느 욕심 많은 새는 입안의 모이를 땅바닥에 조금 떨어뜨리기도 한다.

어느 날 새들에게 몇 가지 종류의 먹이를 나누어 주자 욕심 많은 새가 자기부리에 재빨리 한 가지 모이만을 가득 넣어 독차지한다.

그러는 동안 다른 새들은 내가 준 모이를 골고루 먹

어 치운다.

어느 한 마리의 새가 급하게 먹이를 물고 가다가 다른 새와 부리가 부딪친다.

자기보다 먼저 부리 속에다 모이를 넣은 새의 부리에 자기 부리를 집어 넣으면서 서로서로 쌈질을 한다. 서로의 움직임이 굼뜨고 능숙하지 못하기 때문에 이런 난장판 속에서 서로 날개, 머리, 다리를 마구 부딪친다.

새들에게 먹이를 주는 시간과 양이 정해져 있으니까 문제가 생겼다.

어린 노랑부리새들은 같은 시간에 함께 모이를 먹는 까마귀들에 비해 힘이 부치기 때문에 모이를 먹는 속도와 양을 따라 가지 못한다.

노랑부리새들이 까마귀들 곁에서 모이를 먹으려고 조심스럽게 준비하는 동안 모이는 금세 바닥이 난다.

그래서 가끔 먹이를 조금 남겨두었다가 까마귀들이 떠난 후 어린 노랑부리새들에게 따로 준다.

처음에는 노랑부리새들이 열 마리에서 수십 마리 이상 몰려왔으나 먹을 양이 적어지자 그 수가 점차 줄어든다.

노랑부리새들 중에는 까마귀들과 언제나 같은 시간에 모이를 먹으려고 하는 놈들이 있다.

어느 때는 아무리 경쟁해도 먹기가 어려우니까 미리미리 약간 떨어져 지켜보고 있다가 힘센 까마귀들이 전부 떠난 후에 발발발 뛰어다니면서 흩어진 작은 모이들을 천천히 여유롭게 먹기도 한다.

한번은 어린 노랑부리새가 자기 부리로 들어가는 먹이를 까마귀가 빼앗으려 하니까 목을 길게 위로 쳐들고 특유의 소리를 지르며 위험 신호를 보내면서 단호하게 저항했다.

그 어린 새는 몇 번이나 소리치고 공격까지 하면서 자기가 먼저 확보한 먹이를 끝까지 지키기도 했다. 새들은 먹잇감이 크면 땅에 던져서 쪼아 먹는다. 먹잇감을 한꺼번에 움켜잡지 못하는 경우에는 두세 번 폴짝거리며 뒤쫓아간다. 워낙 몸놀림이 서툴러서 재빠른 먹잇감을 놓치는 경우도 허다하다.

새들에게 먹이를 주는 횟수는 하루에 두 번인데, 새들은 오전에 주는 것을 더 좋아한다.

늦은 밤부터 이른 아침까지 아무것도 먹지 않아 배고

픈 탓일까. 그러나 나는 새들의 서식지도 먹이도 정확히 잘 모른다.

오전의 먹이 시간에는 방갈로 앞으로 몇 마리의 까마귀들이 미리 와서 기다린다. 내가 먹이를 담은 접시를 갖고 문 앞으로 나가면 먼저 온 까마귀들이 깍깍 소리를 낸다. 어떤 신호로 연락이 되는지 알 수 없으나 다른 많은 까마귀 떼가 한꺼번에 베란다에 모여든다.

사람은 말과 행동으로 서로 의사를 주고받지만 새들은 지저귐으로 신호와 연락을 대신한다. 어떤 지저귐이 근처에 있는 동료에게 먹이를 함께 먹자는 것일까.

먼저 온 새들이 먹이를 다 먹고 나서야 뒤늦게 오는 새들이 충분하게 먹지 못하거나 아무것도 먹지 못하고 깃털만 곳곳에 남겨놓고 되돌아갈 때는 뒤늦게 온 새들에게 늘 미안하다.

왜냐하면 내가 그 새들에게 줄 수 있는 먹이는 항상 양이 부족하기 때문이다.

어느 날 나는 대낮에 바닷가를 거닐다가 방갈로로 돌아왔는데, 눈길이 확 한군데로 집중된다.

방갈로 입구에서 많은 개미 떼들이 대 이동하고 있

다.

그 개미들은 내가 새들에게 준 남은 모이를 먹거나 어디론가 가져가고 있다.

조금만 방심했다면 오늘 나는 그 많은 개미떼들을 한 발에 싹 밟아 죽일 뻔했다.

잠시 후, 방문을 열자마자 방안의 작은 나무 탁자 위에서 아주 작고 앙증맞은 아름다운 나비 한 마리가 눈에 띈다.

순간 나는 넋을 잃고 바라본다.

매우 신기하고 뜻밖이다.

아무리 자세히 들여다보아도 그 나비가 살았는지 죽었는지 쉽게 구별되지 않는다. 그 나비는 죽은 듯 날개를 움직이지 않고 탁자 위에 바싹 붙어 있다.

그 나비는 몸 전체가 연회색으로 보이는데, 조심조심 군데군데 관찰해 보니 말이나 글로 표현할 수 없을 정도로 모두모두 신비하고 다양한 색깔이 아름답게 혼합되어 있다.

계속 꼼짝 않고 있어서 죽었는가 하고 조심스레 날개 부분을 만지다가 화다닥 다시 한 번 더 깜짝 놀란다.

나비는 살아 있다. 나는 살며시 나불나불거리는 그 날개를 붙잡고 나비를 창밖으로 날려 보낸다.

나는 방갈로 뒤뜰의 횃대 같은 나뭇가지 위에 올라 앉아 있던 이름 모를 새로운 작은 새들을 본다.

그 새들은 베란다에서 약간 떨어져 있어서 자세히 볼 수 없으나 몸 전체와 날개가 여러 빛깔이 조화된 아름다운 새들이다.

오후마다 투명하고 영롱한 소리로 노래한다.

형형색색의 야생 무지갯빛 앵무새처럼 화려하고 신기하고 아름답다.

그 소리는 지금까지 나와 가깝게 지내던 까마귀나 노랑부리새의 소리와 전혀 다르다.

그 새들은 내게 이렇게 말을 하는 것 같다.

'당신은 그동안 까마귀나 노랑부리새들에게만 너무 집착해서 다른 예쁜 새들이 있다는 것을 발견하지 못하셨지요. 붕새, 수십 종의 극락조에서 파랑새까지…….'

나는 그 새들에게 부끄러워진다.

그 후로 나를 중심으로 관계하고 있는 모든 존재들과

더 아름다운 조화를 이루도록 노력해야 한다고 생각했
다. 나는『새들의 회의』*에 나오는 새들의 이야기를 다
시 생각하게 되었다.

---

*『새들의 회의』: 12세기 페르시아의 수피(회교 신비주의를 추구하는 수도
승) 아타르의 저서

4

　아침 일찍 일어나 여느 때처럼 간단히 명상을 하고
난 후 방갈로를 나온다.

　파도소리를 들으면서 맨발로 천천히 왕거북이처럼
느릿느릿 바닷가를 거닌다.

　이른 아침의 상쾌한 바람과 차가운 바닷물이 몸과 마
음을 일깨운다.

　바닷가에서 아침 박명을 몹시 기다렸으나 볼 수 없
다. 해돋이도 기다렸으나 새벽녘 뭉게뭉게 피어오른 물
안개 때문에 볼 수 없다. 동쪽 바다는 천지가 물안개뿐
이다. 볼 수 있는 모든 대상은 물안개 속에 감추어져 있
다.

　잠시 후, 어느새 붉은 아침 해가 두껍고 짙은 물안개

위로 불쑥 떠오른다. 그동안 보이지 않던 아침 박명은 물안개 구름 속에서 오래오래 숨어 있었던 것이다. 나는 떠오르는 해를 향해 두 손 모아 경배를 한다. 지금 여기에는 희망찬 하루가 새롭게 시작된다.

날마다 인도의 수많은 힌두교 순례자들이 바닷가의 마을을 지나간다. 어떤 단체는 깃발을 휘날리고 어떤 무리는 두둥둥 북을 치며 작은 바라를 울린다.

그들은 남루한 괴나리봇짐을 메고, 미친 듯 하레 끄리시나를 반복해 외치면서 맨발로 저건나트(자간나타 : 세계의 보호자, 힌두교 끄리시나신-크리슈나신-의 대표적인 화신) 힌두 사원을 향해 걷고 또 걷는다. 그들의 신을 부르는 헌신의 걸음은 붉은 깃발을 앞세우고 우렁찬 구호를 외치며 행진하는 공산당원들이나 어느 젊은 군인들의 열병식보다 더 힘 있고 활기차다.

인도의 힌두교 순례자들은 걷고 걷다 길모퉁이나 나무 밑에서 자거나 먹으면서, 또한 먼 곳은 자전거와 트럭, 버스와 기차를 타기도 하고, 버스와 트럭, 기차에 메달려 가면서 인도 전역의 성지를 순례한다.

나는 언젠가 북인도 최대 성지(聖地)인 얼라하바드에

서 12년 만에 열린 힌두교 꿈브 멜라, 즉 인도 최대의 종교 축제인 길일에 참가했다가 갠지스 강과 야무나 강 그리고 전설 속의 강 써러쓰워띠(사라스와티 : 학문의 여신, 브럼머의 배우자, 가장 아름다운 여신으로 여김), 세 개의 강이 합쳐지는 곳에서 수많은 순례자들의 인파로 꽉 찬 썽검(강 합수 지점에서 신의 축복을 받기 위한 힌두교의 목욕 행사)의 광경을 보고 기절초풍했다. 충격과 공포와 전율로 생명의 안전에 위협을 느낄 정도였다.

경가에 길게 늘어선 순례자들은 새벽의 추위에도 아랑곳하지 않고 차디찬 강물 속에서 신성하게 몸을 담근 뒤 온 몸을 바들바들 떨면서도 경건하게 경배하면서 각자 2루피(50원)짜리 꽃등을 사서 물에 띄우며 가족의 평안과 영혼의 구원을 기원하고 있었다.

힌두교도들은 이 의식에 참여함으로써 현생에서 모든 물질적인 것들과 관계를 끊고 신에게 봉사할 수 있게 된다고 믿는다.

그 힌두교인들의 평안한 얼굴 모습을 보는 일은 진정 가슴 떨리는 체험이었다.

인도의 힌두교인들은 어찌 이처럼 치열한 신심(信心)을 가지고 있을까?

짧은 생애 동안에 전생의 업을 소멸시키고 수억 겁을 이어가는 윤회의 고통에서 벗어나 사후에 보다 나은 행복한 삶을 기원하기 위해서일까.

어느 날, 여느 때처럼 어슬렁어슬렁 바닷가를 걷다가 인도인들의 짧은 행렬이 궁금해서 나는 그 곁으로 가 본다.

맨 앞에서 한 남자가 큰 소리로 어떤 주문을 반복해 가며 외치고 있다. 그 소리의 파장은 길거나 크지 않다.

앞과 뒤로는 십여 명의 인도 남자들이 두 줄로 서서 맨발로 그 행렬을 따르고 있다. 움직이는 그 행렬의 한 가운데에서는 네 사람의 남자들이 맨발로 상여를 어깨에 메고 "람, 남, 사띠야 헤"라고 외치며 바닷가 화장터로 운반해 간다.

시체를 흰 천으로 싸서 까판이라고 불리는 대나무 들 것 위에다 끈으로 매어 놓았는데, 머리 부분만 몇 개의 꽃으로 장식한 매우 소박한 장례 행렬이다.

어느 가난한 남자의 주검 같다.

저 주검의 가족들은 누굴까?

그 상여 앞이나 뒤를 따르는 사람들 중에는 껵껵 울

거나 엉엉 소리내어 우는 사람도 없다.

오열하며 꺼이꺼이 울거나 대성통곡하는 가족들의 처절한 울음소리도 없다.

지금 여기 이 죽음에는 어떤 슬픔도, 어떤 비탄도, 어떤 회한도, 어떤 공포도, 어떤 좌절도, 어떤 절망도, 어떤 비관도, 어떤 자학도, 어떤 고통도, 어떤 원망도, 어떤 분노도, 어떤 충격도, 어떤 허무도, 어떤 극락왕생의 발원도 없이 그저 단순한 장례 의식만이 있을 뿐이다.

죽음은 끝이 아니며 육체와 마음이 분리되어 또 다른 생과 이어진다고 믿는 걸까.

잠시 후, 저 시신은 바닷가 화장터를 거쳐 뱅골바다 어딘가에 한줌의 재로 뿌려지리라. 그가 생전에 원했던 것처럼.

오늘은
몹시 흐린 날
아침 박명이 없다.

잠시 후

동쪽 바다는
한 폭의 동양화.

어느새
붉은 아침 해가
검은 물안개와
구름 사이로
높디높게 솟아올랐다.

자, 보십시오
어둠을 뚫는
저 희망찬 비상을!

오늘 나는 방갈로에서 멀리멀리 떨어진 망망대해의
벵골 해변을 온종일 거북이걸음으로 천천히 쉬엄쉬엄
지척지척 걷고 또 걷는다.

혼자 맨발로 묵연히
파도소리만을 들으면서.

나는 해변에 부서지는 파도를 맨발로 밟는 상쾌함과 모래의 부드러운 감촉을 맛본다.

그 파도에서 생겨난 물거품과 그 모래알은 내 열 개의 발가락 사이사이를 진종일 감돈다.

가없이 넓디넓은 바닷가는 조붓한 숲길과 어우러져 태고적 전설과 천연의 아름다움을 간직하고 있고, 야자나무와 이름 모를 야생 나무들이 호젓한 밀림을 이루고 있다.

이따금 파도소리와 바람소리, 후룩거리는 새 소리만 들릴 뿐 망망 해변의 길고 긴 정글지대에는 절대적 고요와 우주적 정적뿐이다.

현재의 매순간은 완전하게 지금 여기 내게 주어져 있다. 이제는 현상의 소리를 너머 내면의 심연에서 침묵의 소리를 들어야 한다.

허허 바다는 푸르고 파도는 넘실넘실 물결친다.

오후의 태양은 아직도 뜨겁고, 바다에 이는 물결 위에 빛이 반짝인다. 끝없이 푸르른 바닷가 해변에는 아이들이 무자맥질을 하며 놀고 있다.

먼 수평선에서는 바다와 하늘이 맞닿고, 몇 척의 작

은 고깃배들이 바다 위에 떠 있다.

어, 어찌된 일인가.

나는 깜짝 놀랐다.

매일 맨발로 저벅저벅 거니는 해변의 모래사장 위에서 검은 얼룩들을 발견했기 때문이다.

그동안 방갈로에서 바닷가까지 걷기를 수없이 했으나 처음 보는 일이다. 문득 인도 여행 중에 가끔 본 오염된 폐수가 생각난다. 벵골만에 인접해 있는 어느 마을 어귀에서도 본 적이 있다.

넓디넓은 이 아름다운 벵골만의 모래사장도 검게 오염되었단 말인가. 갑자기 온몸에 스르르 힘이 쭉 빠진다. 모든 희망을 잃고 절망에 빠진 사람처럼.

어어, 또 어찌된 일인가.

바닷가의 모래사장 위에서 맥없이 팍 주저앉아 검은 얼룩을 쳐다보고 있는 내게, 행상을 하는 인도 소년이 바람처럼 내 곁을 스치고 지나가다가 "블랙 샌드, 블랙 샌드"라고 소리친다.

인도 소년의 뜻밖의 목소리는 금방 내 마음을 슬픔에서 기쁨으로 바꿔 놓는다.

검은 모래는 오염 때문이 아니라 본래 검은색이었던 것이다.

뱅골만 해변에 검은 모래도 섞여 있는 것을 그동안 나만 모르고 있었던 것이다.

저만치 멀리 탈래탈래 가고 있는 맨발의 그 소년에게 마음속으로 감사와 용서를 빈다.

어느새 바닷가에는 어둑어둑 어둠이 깔리고 있다.

앞뒤, 좌우, 위아래, 가까운 곳 먼 곳, 바다도 육지도 구별하기 어려운 캄캄한 어둠.

바닷가 마을은 대낮의 뜨거운 열기로 후끈 달아오른다. 몹시 목이 마르다. 나는 보통 때처럼 헐렁한 인도식 흰 웃옷과 바지를 입고 방갈로와 약간 떨어져 있는 마을 입구의 사탕수수 가게로 천천히 걸어간다.

그곳에는 과일가게와 짜이 가게, 코코넛 가게들이 시장과 인접한 해변의 길가에 나란히 길게 줄지어 있다. 물론 바자르(시장) 주변에는 인도 음식점들도 많다.

그곳에서 좀 더 멀리 가면 인도에서도 유명한 저건나트 힌두사원이 길고 큰 광장과 바자르를 끼고 자리잡고 있다.

하늘을 찌를 듯 솟아오른 난공불락의 요새 같은 신비스런 그 사원의 원뿔형 높은 첨탑이 있는 꼭대기에는 언제나 신령스런 위시누*의 깃발 몇 개가 유유히 바람에 펄럭이고 있고, 날마다 인도 전역에서 순례자들이 구름처럼 우르르 우르르 모여든다.

그 사원 안에는 인도인이라도 힌두교인이 아니면 들어갈 수 없다.

나는 인산인해의 순례자들 대열에 끼여 있다가 외국인이기 때문에 사원 입구에서 몇 번이나 쫓겨난 적이 있다.

사탕수수 판매 수레에서 비쩍 마른 인도 소년이 내가 가자마자 알아보면서 히죽거린다.

그는 껍질 벗긴 사탕수수나무 줄기를 여러 개 모아서 레몬과 함께 두 개의 톱니바퀴 사이에 넣어서 즙을 짜낸다. 오늘은 새롭게 생강도 약간 첨가한다.

날씨가 덥고 목이 마를 때 이따금 나는 4루피짜리 사

---

* 위시누(비슈누) : 힌두교 주요 신으로, 세계를 유지하고 다르마(도덕률)를 원상 복구하는 자로 숭배 받음. 그는 이 세상의 모든 선을 보호하고 지속시킨다. 4개의 팔을 가져, 연꽃(우주), 소라 껍데기(우주의 진동), 철퇴를 들고 있다. 그의 배우자는 부의 여신 럭시미이다. 절반은 새, 절반은 짐승의 모습을 한 거루다를 타고 다니고, 천상에 산다. 그의 발에서 경가 강이 흘러나온다고 한다. 22개의 화신이 있는데, 라마, 끄리시나 및 부처 등이다.

탕수수주스 한 잔을 마시면서 몸과 마음의 갈증을 해소한다.

그 즙은 아주 달고 시원하다.

이른 새벽녘 하늘에는 아직도 달이 떠 있다. 그 달과 십만리 백만리 천만리 만만리 멀리 멀리 떨어진 별 하나의 모습이 희끄무레하게 보였다.

바닷가 마을에 여러 소리들이 차례로 이어지며 아침을 알린다.

작은 파도소리가 점점 더 크게 들리는 파도소리로 이어지기 시작해서, 마을 입구에서 '꼬끼오 … 꼬꼬' 수탉 우는 소리는 까옥까옥 까마귀 소리로 이어지고, 재잘재잘 노랑부리새 소리는 조잘조잘 다른 새들의 소리와 어우러진다. 특히 오늘은 참새들이 요리조리 날아다니면서 유난스레 많이 쩍쩍거린다.

아침 박명이 희미하다. 곧 해가 떠오를 것이다. 바닷가 입구 길에는 인도의 힌두교 순례자들이 무언가 진언을 크게 외치면서 떼를 지어 지나간다. 드디어 아침 해는 바닷가 주변 마을 전체를 연분홍색으로 도색하면서 밝고 희망차게 솟아오른다.

오늘은 해가 뉘엿뉘엿 저물며 저녁 박명이 오래오래 계속된다. 주위에 저녁 으스름이 깔렸다.

끝없이 넓고 큰 허허 바다는 영구히 자기 생명을 자유롭게 지키기 위해 끊임없이 파도를 넘실거리게 한다.

내 방갈로의 바닷가에서는 세찬 해조음 소리만 들린다.

밤이다. 새들도 조용하다. 세상은 칠흑 같은 어둠이다. 밤하늘에 별이 하나둘씩 오롯이 나타나더니 마법의 은빛으로 반짝이기 시작한다.

달이 떠 있다. 유백색의 달빛은 가볍고 단순하며 부드럽다. 교교한 달빛은 망망의 바다 위에 마법의 은빛으로 살포시 부서져 내리며, 어둡고 차가운 밤의 세계를 어머니의 품처럼 포근하게 감싸 준다.

밤하늘에 별무리가 자꾸자꾸 늘어난다.

제 아무리 많은 별들이 오롯이 반짝이고 제 아무리 큰 달빛이 온유하게 어둠을 비추고 있어도 지금은 세상의 모든 것이 쉬는 완전한 밤이다. 이제 어둠만이 밤의 세계를 완전히 지배한다. 밤은 달과 함께 대낮에 데워진 대지의 태양열을 식히고 있다.

한낮에는 그처럼 뜨겁고 강렬한 태양에너지 때문에

온 세상의 모든 인간과 사물들이 서로 극명하게 구분되었고, 서로 팽팽하게 대결했었다.

드디어 밤은 그 부드러운 어두운 빛 하나만으로 대낮을 지배한 모든 대상들의 긴장과 경쟁과 분별과 경계를 허물어버리고, 이제 긴 휴식과 내일을 위한 준비 시간으로 우리를 인도하고 있다.

이 신비하고 조화로운 밤은 고요하고 통일된 세계이다. 구분이 사라지고 모든 것이 하나가 된 우주 질서의 하모니, 우주에선 지구도 하나이다.

오, 님이시여! 달빛교감의 신성체험은 시공을 초월한 명상이며 참으로 부드럽고 사랑스럽고 아름답습니다.

오늘도 평소처럼 방갈로를 떠나서 파도소리를 듣고 바닷바람을 맞으며 낙조(落照)를 향해 맨발로 달팽이처럼 느릿느릿 걷고 또 걷는다.

석양녘 서쪽 하늘의 저녁놀은 불바다를 이룬다.

내 마음은 어느 때보다도 고요하다.

많은 인도의 힌두교 순례자들이 옷을 입은 채 바다 속으로 들어가서 해넘이를 향해 두 손 모아 기도하고 진언한다.

매우 경건하고 엄숙한 모습이다.

나도 그들과 함께 파노라마처럼 펼쳐지는 장엄한 노을을 향해 경배한다.

나는 신이 나서 콧노래를 흥얼거린다.

연이어 불타는 장쾌한 일몰의 광경을 향해 내 입에서는 나도 모르게 갑자기 어떤 노래가 흘러나온다.

리듬과 가사, 앞뒤가 맞지 않는 노래이지만 힘차게 목청껏 부른다. 부르고 싶었다.

얼마만인가.

지금까지 나는 노래 한 곡도 못하는 젬병이었다.

남 앞에서 가사를 전부 외는 노래를 해 본 적이 단 한 번도 없었다.

해가 기울면서 시시각각으로 변해 가는 하늘과 바다 주변의 잔광들은 참으로 신묘하고 아름답다.

연분홍색, 자주색, 진노랑색, 오렌지색, 진한 갈색, 진보라색, 연보라색, 진회색, 연회색, 연한 검은색…….

변하는 것은 색채만이 아니다.

색이 변하는 사이사이에 뚜렷해졌다 흐려졌다 하면서 빛이 이동할 때마다 나타나는 그 명암과 그 빛의 스펙트럼…….

오오, 님이시여!

진정한 자연의 모습과 자연의 빛깔을 글로 표현하는 것은 참으로 어리석고 불가능한 일 같습니다.

그런데 아, 웬일인가!

해 진 후 긴 박명이 이어진다.

그 박명은 시간의 흐름에 따라 점점 변화하는 빛의 분산과 이동으로 붉은 밝은 빛에서 어두운 검은 빛으로 차차차차 옮겨간다.

오늘의 박명은 지금까지 본 것 중에 가장 아름답다.

저녁 박명은 빛의 여신이다.

서쪽 벵골바다와 마을 전체가, 희미하고 밝게 사라지는 하루의 마지막 빛의 축복을 받고 있는 것 같다.

오래오래 이어지는 박명의 잔영을 보고 있으려니…… 아, 내 마음은 어느새 이유 모를 아쉬움과 그리움으로 가득찬다. 마침내 그 그리움은 다시 슬픈 마음으로 이어진다.

격정의 소용돌이가 나를 압도한다.

갑자기 두 눈에서 뺨으로 찡한 감동의 눈물이 주르륵 흐르는 것을 느낀다.

나는 넋을 잃고 아름다운 박명의 잔영에 도취되어 울고 울었고, 오랫동안 혼자 바닷가에 서서 그 빛만을 망연히 바라보고 있었다. 박명이 완전히 사라질 때까지……

얼마 동안 서 있었을까.

어느새 밤이 오고, 별이 반짝이고 휘영청 달이 떴다.

아아, 나는 참으로 오랫동안 시간의 흐름을 잊어버렸다.

모든 것을 깡그리 잊어버렸다.

내 마음은 더없이 가볍고 평온하고 자유롭다.

오전에는 바닷가로 긴 소요를 했으며 해변의 모래사장 위에 앉아서 넓고 푸른 벵골바다의 먼 물마루를 아무 생각 없이 오래오래 바라보았다.

설레던 마음이 가벼워진다. 해변의 모래는 이글이글 태양에 여러 빛으로 반짝인다. 대낮의 뜨거운 모래 위에는 바람 한 점 없다. 잠시 시간이 정지된 듯 재잘재잘

새소리도 인적도 끊겼다.

아주 작게 부서지는 파도소리만이 한낮의 태양으로 후끈후끈해진 바닷가의 고요와 정적을 깨뜨린다.

지금은 작열하는 태양만이 오로지 쪽빛의 바다 위를 점령하고 있다.

오, 님이시여!

어느새 일출에서 시작한 작은 흰빛의 굴절이 정오를 향해 이동하다가 잠시 이동을 멈추고 이제 어떤 그림자도 용납하지 않는 흰빛의 율동만이, 그 정점에 달해 있습니다. 밤하늘의 은하수처럼.

흰빛 반짝……

반짝 반짝, 흰빛 흰빛……

흰빛 흰빛 흰빛, 반짝 반짝 반짝……

자, 보십시오.

조금 전만 해도 푸르고 푸르던 저 넓은 바다를.

그 푸른 바다와 끝없이 넘실대던 푸른 파도는 하얀 포말을 일으키며 그 정점에 닿은 대낮의 뜨거운 태양과 은밀히 밀월을 하면서 모두 흰빛으로 변해 사랑을 나눕니다.

오, 정오의 태양과 바다의 사랑이여!

저 흰빛의 축제는, 태양이 낙조로 향해 이동을 시작할 때까지 계속될 것이며, 어느새 달빛과 별빛이 쏟아져 내리는 벵골의 밤바다는 대낮의 흰빛에서 또다시 은빛의 세계로 바뀔 것입니다.

새벽녘 일찍 기상한다.

동쪽 바다와 하늘은 회색빛이다.

잠시 후 짙은 물안개를 뚫고 붉은 둥근 해가 솟아오른다.

나는 해가 뜨는 방향으로 합장 기도하면서 맨발로 해변을 나릿나릿 찬찬히 거니는 것은 마음에 충만을 준다.

누추한 옷을 입은 맨발의 꼬마 소년이 다가온다.

그가 어깨에 메고 다니는 그물 속에는, 여러 가지 소라고둥과 조가비들이 가득 들어 있다.

저 멀리 인도의 힌두교 순례자들이 체류하는 바닷가에 인접한 저건나트 사원 근처의 거리에서 물건을 파는 인도 소년이 여기까지 온 것 같다.

지금까지 나는 바닷가에서 한 번도 물건을 산 적이 없다. 사고 싶지 않았고 살만한 것이 없었다.

언제부터인지 여행지에서 물건을 사지 않은 지 오래된다.

오늘 아침 조개껍질을 팔러 다니는 이 가난해 보이는 소년은 다른 잡상인들처럼 억지로 사라고 찰거머리처럼 치근대지도 않고 그냥 몹시 부끄러운 듯 배시시 미소만 짓는다.

해맑은 얼굴에 하얀 이를 드러내며 해죽이 웃는 그 아이.

나는 조가비에 흥미가 있어서가 아니라 그 소년의 순박한 웃음에 반해서 이심전심 그의 물건에 관심을 보인다.

잠시 후, 그 소년은 자기 그물 속에서 조가비들을 한두 개 꺼내 보이며 입에 대고 바다를 향해 불어 본다.

아, 그 조가비에서 아름다운 소리가 난다.

나는 그 소리가 좋아서 소라고둥에 관심을 가진다.

그 그물 속에는 모양도 소리도 크고 예쁜 고둥들이 많으나 그 소년이 권하는 것을 하나 선택한다.

네 부분이 둥근 나선형으로 생긴 바다소라고둥이다.

소년은 강조한다.

이 속에서 여러 개의 진짜 진주를 찾아냈다고.

넓은 구멍에만 약간의 붉은 반점이 있을 뿐 전체가 하얗게 반짝이는 예쁜 진주 빛 소라고둥이다.

나는 소년이 시키는 대로 좁은 구멍이 나있는 소라고둥 쪽에 입술 왼쪽을 가볍게 대고 바다를 향해 불어 본다.

아아, 대단히 멋진 소리가 난다.

이 소라고둥으로 피리나 퉁소와 비슷한 소리를 낼 수 있다.

오늘 아침은 바닷가에서 우연히 또 다른 작은 기쁨 하나를 얻은 셈이다.

다음날도 보통 때처럼 혼자 맨발로 바닷가 산책을 나가는데 한손에는 소라고둥을 든다.

나는 아무도 없는 모래사장 위에 앉는다.

대낮의 뜨거운 햇살은 너울거리는 바다 물결 사이사이를 흰빛으로 반짝인다.

어저께 수줍고 해맑은 웃음기 머금은 얼굴을 보여 준 그 소년의 뜻밖의 선물, 진주 빛 소라고둥은 바다 소리를 내는 자연 악기이다.

나는 그 소년을 가슴 가득히 채우고 소라고둥을 입에 대고 몇 번이고 자꾸자꾸 불어 본다.

다음날, 또 그 다음날도, 나는 바닷가로 나가서 처연히 그 소라고둥을 불고 또 불어 본다.

그 소년을 그리워하면서…….

새벽녘 기상해서 묵상하고, 바닷가로 상쾌히 산책을 나간다.

바다도 하늘도 해변도 온통 짙은 회색빛이다. 구름이 겹겹이 감겨 있는 어두운 회색이다.

날이 밝아 오지만 아침 박명은 없다.

일출도 없고 파도소리만이 요란하다.

청신한 아침 공기를 마시며 일찍부터 해변으로 나와 있던 인도의 힌두교 순례자들은 바다로 들어간다.

해돋이를 향해서 합장 기도를 하기도 하고, 간단하고 신성한 뿌자(푸자 : 공양을 뜻하는 힌두교의 숭배 의식)를 행하기도 한다.

바닷가는 파도소리와 까마귀 소리, 회색빛뿐이다.

시간이 조금 지나자 아침 해가 갑자기 수평선 위에서 약간 불그스레한 모습을 군데군데 드러낸다.

조금 전의 짙은 회색빛이 밝아지면서 바다는 회색빛에서 연한 푸른빛으로 바뀌고, 하늘은 회색빛에서 희고 푸른빛이 약간 밝게 섞여서 빛난다.

떠오르는 해 주변으로 잠깐 사이 타는 듯한 빨간빛이 사방팔방 온 천지로 퍼진다.

이윽고 해는 구름에 감춰지다가 갑자기 구름을 밀어내고 찬란한 아침 해가 되어 두둥실 하늘 위로 높이높이 솟아오른다.

넓고 넓은 깊고 깊은 바다는 완전히 푸른 본래의 제 모습으로 돌아가고, 수평선의 윤곽이 뚜렷해진다. 그 수평선에는 바다와 하늘의 경계도 선명하다.

아침 박명은 서리서리 내린 짙은 물안개 때문에 볼 수 없다.

갑자기 안개를 뚫고 둥글고 큰 붉은 해가 불쑥 나타났다가 다시 물안개 속으로 살며시 숨어버린다.

뜨는 아침 해를 바라보고 있자니, 올랐다가 숨어버리

고 다시 올랐다가 또 숨어버리고 몇 번이나 반복하다가
마침내 벵골바다 전체를 삼킬 만큼 붉고 큰 해가 되어
파도 위에 핀 불꽃처럼 사방으로 빛을 발하면서 하늘로
높디높게 다시 더 높게 떠오른다. 눈부시게!

맵찬 소소리 바람이 부는 이른 아침에 바닷가를 걸으
면 기분이 상쾌하다.

바다를 향해 두 팔을 크게 벌리고 깊이 호흡해본다.
기분이 좋아 휘파람도 분다.

까마귀들이 사방에서 까옥까옥 혼란스럽게 울어대고
바다갈매기들도 끼룩끼룩 저공비행을 한다. 빠르고 유
연하게 비행하는 모습은 뛰어나다. 특히 선회하거나 갑
자기 방향을 바꾸거나 아래로 떨어지거나 위로 솟구치
는 모습은 정말 볼만하다.

새들은 항상 땅을 걸어 다니거나 나뭇가지 위를 잘
걸어 다니지 못하기 때문에 빠르게 비행하는 법을 배웠
을 것이다.

수많은 새들이 비행 방향과 특성을 일사분란하게 맞
춰 나가는 모습은 특이하다. 한곳으로 모였다가 다시
반복해서 확 퍼져 나가기도 한다.

파도소리는 요란하며 이름 모를 다른 새들도 떼지어 해변을 차오른다.

전체 하늘은 푸르스름하고 오래 떠 있던 구름은 허여멀겋다.

동쪽 하늘과 바다는 짙은 물안개 때문에 온통 회색빛이다.

잠시 후, 회색 종이 위에다 둥글고 빨간 동그라미 하나를 그려놓은 것 같은 아침 해가 박명도 없이 두둥실 뜨고 있다. 나는 일출을 향해 두 손 모아 경배한다.

바닷가를 터벅터벅 느리게 거닐다가 우연히 인도인들의 행렬을 본다.

마을 입구를 지나가는, 북소리를 앞세운 장례 행렬이다.

선두에 가는 맨발의 두 남자가 어깨에 멘 조그만 북을 두둥둥 치고 그 뒤로 맨발의 두 남자가 작은 바라를 울린다.

맨발의 젊은 4명의 인도 남자들이 "람, 남, 사띠야 헤"라고 외치며 큰 상여를 어깨에 메고 간다.

이번 상여는 지난번에 본 것과 달리 죽은 남자의 시

체를 사각형에 눕히고 흰 헝겊으로 가려 높여 놓았고, 상여의 네 귀퉁이는 큰 바나나 잎과 꽃으로 장식해 놓았다.

상여가 아니라 시골 축제에 사용하는 작은 꽃마차 같다.

가난한 어촌에서 누가 죽었다고 한다.

그 장례 행렬은 저건나트 사원에 인접한 서쪽 바닷가 화장터로 가고 있다. 힌두교 신화 속에서 물질적 영적 생명력을 지닌 성소인 갠지스 강에서처럼 화장한 뒤 재를 바닷물에 띄울 것이다. 그리고 지혜와 복덕을 빌고, 모든 고통의 근원인 무명의 죄를 용서받고, 영원한 해탈을 갈구할 것이다.

북소리나 작은 바라소리는 요란하거나 슬프지도 않다.

장례 행렬인데 훌쩍훌쩍 울거나 흑흑 소리내어 흐느끼며 우는 사람도 없다.

죽음의 의식은 너무나 간단하다.

지금 여기 이 순간에 삶과 죽음이 큰 구분 없이 교차된다.

오늘 또 하나의 소박한 죽음은 삶의 또 다른 단순한

반복이다.

죽음은 자연스러운 현상으로서 고통스러운 삶에서 해방되는 것이고 또 다른 생으로 태어날 수 있는 것이므로 슬픈 것이 아니라 오히려 기뻐해야 하는 것일까.

오늘 아침은 많은 밀물 탓에 해변을 거닐기가 불편하다.

맑고 부드러운 모래사장은 높은 파도와 거친 바닷물에 점령되어 있다.

몇 척의 낡은 고깃배가 일찍 해안으로 들어와서 몇 마리의 잡은 생선을 해변에 내려놓는다.

나는 동틀녘부터 황혼녘까지 온종일 방갈로와 바닷가를 맨발로 자유롭게 아무 생각 없이 들락날락한다.

세찬 바람이 볼을 스치고 바다갈매기들이 끼루룩끼루룩 불안하게 너울너울 날고 있다.

언젠가 저녁 무렵 바닷가에서 본 기러기 떼들의 긴 이동이 떠올랐다.

아주 작고 가벼운 몸으로 기럭기럭 우는 소리를 내면서 산 모양의 대열로 질서정연하게 앞서거니 뒤서거니 가물가물 멀리멀리 어디론가 정처 없이 날아가다가 갑자기 시야에서 까마득하게 사라질 때 아주 애처롭게 보였다.

새들은 지도도 없고 나침반도 없으면서 길을 잃지 않고 정확한 이동을 하는데, 낮에는 태양이 나침반이며 캄캄한 밤에는 별자리의 움직임으로 방향을 구별하여 목적지 여행을 한다고 한다. 정말 놀랍고 신기하다.

오늘은 하루 종일 하늘이 어두운 구름으로 뒤덮여 있어 붉은 저녁놀을 볼 수 없고 저녁 박명을 기대하지 않았으나 해가 지자마자 눈 깜짝할 사이에 서쪽 하늘 전체가 핏빛 같은 박명을 나타낸다.

그것은 한 장의 도화지 위에 여러 종류의 빨간 물감을 뿌려놓은 것 같다.

그 장엄한 박명의 아름다움은 잠깐 동안 내 마음을 사로잡는다. 환희심처럼.

이렇게 언제나 자연은 변화무상하다.

5

오늘의 바람은
모든 것을 움직인다.

바다의 파도를 더 높게 움직이고
하늘의 구름을 더 부산스럽게 움직이고
공중의 새들을 더 빠르게 움직이고
야자나무의 잎을 더 크게 움직이고
부겐빌레아의 꽃술을 더 앙증맞게 움직이고
힌두 사원의 깃발을 더 성스럽게 움직이고
어촌의 깃발을 더 활기차게 움직이고
인도 여인의 사리를 더 사랑스럽게 움직이고

아, 오늘의 바람은
내 맘을 더 넉넉하게 움직인다.

갑자기 방갈로의 바닷가에는 이상 기상이 생겼다.

밤 동안 큰 빗방울이 후두둑 후두둑 쏟아지면서 계속
비가 왔고 바람이 세차게 불었으며 파도소리가 너무나
커서 편히 잠을 잘 수 없었다.

이른 아침에 방문을 연다.

밖은 계속 굵은 빗줄기가 쭈룩쭈룩 내리고 있다. 야
자나무잎 지붕이라 빗소리가 더욱 더 요란한데, 하늘을
뒤덮은 회색층 구름은 벵골만 전체를 삼킬 듯 온통 시
커멓다.

아침 박명과 해돋이를 볼 수 없다.

성난 바다의 세찬 파도는 점점 더 높아지고 파도소리
는 어느 때보다 더 우렁차며 그 거친 파도에는 흰 포말
이 더 요동친다.

바람이 더 강하게 불고 비는 연이어 주룩주룩 더 내
린다.

새들도 여기저기서 더 구슬피 울며 낮게 날고 있다.

야자나무들은 비바람에 줄기째 더 흔들리고 그 잎들은 사방으로 더 허우적댄다.

부겐빌레아꽃들은 빛과 생기를 잃고 심하게 축 늘어졌다. 간밤의 폭풍과 폭우로 많은 꽃잎이 땅에 떨어져 나뒹굴고 있다.

어제 하루 종일 장쾌한 장대비가 오더니 오늘도 쉬지 않고 비가 추적추적 내린다.

뜨거운 태양의 계절에 시름시름 비가 오는 것이다.

이 벵골(인도의 서벵골 주) 지방에서 비가 내리는 일은 매우 드물고 예외적인 기후 현상이다.

나는 방갈로에서 외출도 하지 못하고 꼬박 이틀 동안 간간이 명상을 하면서 방안에서 시간을 보낸다.

가끔 방문을 열고 가엾은 부겐빌레아와 늘어진 야자나무, 바다의 높은 성난 파도와 부서지는 흰 물거품을 안타까이 묵묵히 지켜보면서 마음속으로는 은근히 비가 하루 빨리 그치기만을 손꼽아 기다린다.

하늘은 왜 갑자기 비를 내리 퍼붓는 걸까.

왜 이렇게 많은 비바람이 예고도 없이 연일 벵골만을 세차게 내리치고 있는 것일까.

태양의 계절에 계속 비가 축축 내리자 내 방갈로 생활은 큰 변화가 생겼다.

나는 바닷가
산책을 중단했다.
아침 박명도 일출도
바다 위 빛의 이동도
수평선의 경계도
저녁 박명도 일몰도
달도 별도 사라졌다.
하루에 두 번 오던
새들도 자취를 감췄다.

지금까지의 모든 현상이 달라졌다.

해가 비로 바뀌면서 찾아온 이상 기온에 따른 변화인데, 비가 오기 전 여기는 하루에 네 계절이 있었다.

밤은 겨울이고 해가 뜬 후 오전은 봄이며 대낮은 여름이고 오후는 가을이지만, 다시 해가 지고 밤이 되면 매우 춥다. 이제 비가 내리는 벵골만은 하루 종일 겨울처럼 몹시 추운 날씨로 바뀌어 있다.

삼일 째도 비는 연이어 추적추적 내렸지만 빗줄기는 다소 약해지며 부슬부슬 이어졌다 그쳤다를 반복했다.

나는 참다못해 방갈로를 뛰쳐나온다.

오랜만에 비를 맞고 바닷가를 어슬어슬 거닐고 싶다.

길섶에서 화려하게 피어 있던 부겐빌레아꽃은 완전히 본연의 모습을 잃어버렸지만 다소곳한 길 구석에서 함초롬히 빗방울을 꽃잎 속에 송글송글 품은 들꽃들은 오히려 더 청초하고 싱그럽다.

여전히 이름 모를 새들은 쪼로롱 쪼로롱 낮게 날고 즐겁게 노래한다.

바닷바람이 불어온다. 바람은 약간 차지만 상큼하다.

하늘은 어제보다 맑고 빗줄기도 보슬보슬 가늘어졌지만 해는 끝내 나타나지 않는다.

내가 비를 맞으면서 옷이 비에 흠뻑 젖도록 바닷가를 거니는 일은 근래 아주 드문 일이다.

따스한 햇살을 받으며 바닷가를 거닐던 지난날과 달리, 오늘처럼 가랑비를 맞고 천천히 소걸음으로 거닐면서 지금까지 느껴 보지 못한 또 다른 묘한 꿈결 같은 인생의 즐거움을 맛본다.

맑은 날씨 때보다 춥고 비 오는 날이 더 아름다울 수

있다는 것을 처음 느낀다.

다음날 밤 한밤중에, 머리카락이 꼿꼿이 서고 등골이 오싹해지며 온몸에 소름이 쫘악 돋으면서 뻣뻣하게 굳어버리는 악몽을 꾸었다. 나는 이상한 신체의 변화를 느끼고 소스라치게 벌떡 침대에서 일어났다.

몸 전체가 어질어질 기운이 빠지고 부들부들 떨리면서 으스스한 한기가 덜컥 몰려왔다.

간질간질한 목, 끓는 가래, 고열이 나고 숨 가쁘고 가슴이 답답하면서 콜록콜록 심한 기침이 났다.

어제 낮 동안 차가운 바닷바람에 오래 비를 맞고 산책했기 때문에 몸이 으슬으슬하게 심한 감기와 몸살에 걸린 모양이다.

그동안 여러 번의 인도 여행에서 처음 겪는 일이다.

팔다리나 몸이 자꾸만 후들후들 사시나무 떨듯 떨린다.

먼저 사무실로 달려가 자는 사람을 겨우 깨워서 뜨거운 물 한 잔과 담요 한 장을 더 받았다.

방안에서 배낭을 뒤졌으나 약이라곤 단 한 알도 없다. 처음부터 준비를 하지 않았던 것이다.

몸이 오슬오슬 춥고 무서워서 침대에 쭈그리고 앉아 두 장의 담요로 몸 전체를 감싼 채 이를 악물고 오한을 느끼며 오들오들 떨면서 한밤을 뜬눈으로 보냈다. 얼마 후 한기는 다소 진정됐으나 몸은 눈물이 쏙 빠질 만큼 너무 아팠다.

날이 밝자 다행히 비는 그치고 아침의 포근한 햇살이 방갈로를 비추기 시작한다.

나는 뜨거운 물 한 잔과 담요 두 장으로 끙끙대며 적막과 고독이 깃든 먼 이국의 춥고 외딴 방갈로에서 그 어떤 두려움에 덜덜덜덜 떨면서 한밤을 꼬박 지새웠던 것이다.

지난밤은 참으로 길고 긴 시간이었다.

갑자기 까닭 모를 깊은 외로움과 쓸쓸함과 피로가 한 꺼번에 온몸을 엄습하기도 한다.

그처럼 나 홀로를 외치면서 모든 것을 끊고 정리하고 떠나지 않았던가.

금세 맥이 탁 풀리고 힘이 쏙 빠지면서 불현듯 알 수 없는 또 다른 그리움이 켜켜이 쌓여온다.

아침에 인도 관리인이 방갈로 밖에서 인사를 했을 때, 지난밤보다는 몸 상태가 많이 좋아졌다고 잔기침을 하면서 설명했다.

나는 그에게 이 시골 마을에 의사가 있느냐고 물었고, 있다면 방갈로로 왕진을 요청했다.

관리인이 잠시 후 약간 늙어 보이는 인도인과 함께 방갈로까지 왔다.

그는 너절하고 때 묻은 인도식 옷을 입고 있었고, 추레한 얼굴이 몹시 검게 탄 데다 다리가 비쩍 마른 맨발의 사이클 릭샤왈라(왈라는 '∼하는 사람'이란 뜻의 힌두어로, '릭샤왈라'는 '릭샤 운전사'를 가리킴)였다.

그 자전거릭샤꾼은 나를 보자마자 두 손을 모으고 '너머스떼(나마스테)' 또는 '너머스까르(나마스카르)'라며 환한 웃음과 함께 인도식 인사를 반복하면서 무척 반기는 표정이었다.

방갈로 관리인이 내가 원한 왕진을 알아봐달라고 오랫동안 동네사정에 밝은 그에게 부탁했다는 것이다.

관리인은 내가 묻지도 않았는데 나에 관해 들은 약간 흥미 있는 이야기를 덧붙였다.

이 방갈로에 오기 전 동네 입구에서 제일 먼저 나를 본 사람이 그 릭샤왈라였단다.

그는 나를 자기 자전거릭샤에 태우고 싶었으나 한사코 릭샤를 타지 않고 걸어가더라고 했다.

그는 영어를 하기 때문에 이 동네에서 오래 머무는 외국인들과 자주 다닌다는 것이다.

그는 나를 태우고 싶었으나, 내가 단 한 번도 긴 외출을 하지 않고 언제나 마을 입구의 짜이 가게와 과일가게, 작은 채식식당만 걸어서 다니더라고도 했다.

오리싸 주(오리사 주 : 인도 동부에 있는 주)의 벵골만에 머무는 다른 외국인들은 해변을 걷기도 하지만, 사이클릭샤를 이용해서 저건나트 사원이나 주변의 관광지를 다니며 사진도 찍고 물건을 사기도 하는데 나는 두문불출해서 마뜩찮게 여기기도 했으며 내가 자기 자전거를 이용해 주기를 이제나 저제나 목이 빠지게 기다렸다는 것이다.

잠시 후, 방갈로 관리인이 사무실에서 따뜻한 짜이 한 잔과 큰 사발에 따끈한 야채수프를 가져왔다.

나는 불편한 몸을 이끌고 관리인이 가져다준 짜이 한 잔을 마셨다. 밤새 한기로 떨었던 몸이 스르르 풀리는 것 같았다.

매우 친절한 그에게 감사의 인사를 하니까, 야채수프는 릭샤왈라가 이 마을의 채식식당에서 특별히 주문해서 직접 가져왔다는 것이다.

지난밤 동안 한기로 잠을 자지 못했고 기침과 두통으로 그나마 식욕마저 떨어져 있던 나에게 따뜻한 한 그릇의 야채수프는 가장 좋은 음식이었다.

그것뿐만이 아니다.

관리인이 굵고 큰 바나나 한 개를 가져왔다. 며칠 전에 동네의 바나나나무에서 릭샤왈라가 직접 따서 익자마자 바로 가져온 것이다. 릭샤왈라는 그의 경험을 말했다.

"이 벵골산 야생 바나나는 감기나 몸살에도 아주 좋아요."

그동안 한 번도 그의 릭샤를 이용하지 않았고 서로 이름도 모르는데, 인도의 릭샤왈라로부터 뜻밖에 분에 넘치는 따뜻한 인정을 받은 셈이다.

나는 그에게 한편으로 미안했고 한편으론 진심으로 고마웠다.

오후 늦게 의사가 방갈로에 왔다.

릭샤왈라가 동네 입구까지 그를 모셔왔다고 했다.

그 의사는 키가 크고 몸은 약간 여위었으며 정결하고 검소한 흰 인도 옷을 입고 깨끗한 샌들을 신고 있었다. 그는 나이가 예순은 훨씬 넘어 보였고, 검박하고 조용하며 인자한 모습이었다.

나는 그 인도 의사에게 두 손 모아 인사를 하고 난 후 몸의 증세를 설명했다.

잠시 후 그는 흰 보자기에서 청진기를 꺼내더니 내 가슴에 대고 진찰을 끝낸 다음 종이에 처방전을 적어 주었다.

나는 외국인 여행자이고 하루 빨리 완쾌되기를 원하기 때문에 가능하면 주사라도 함께 맞고 싶다고 의사에게 간절히 요구했다. 의사는 주사는 맞을 필요가 없고 이 정도의 감기 몸살은 처방전 약을 먹고 하루만 푹 쉬면 곧 완쾌될 수 있을 것이라며 매우 차분하고 믿음이 가는 목소리로 말했다. 치료비는 무료였다.

의사의 처방전을 들고 방갈로를 나오자 사이클릭샤꾼은 활짝 웃으면서 두 손을 가슴에 또는 머리에 모으고 인사를 했다. 나도 그에게 두 손으로 감사의 인사를 했다.

이 마을로 온 이후 처음으로 그의 자전거를 타고 사원에서 가까운 동네 약방을 찾으러 갔다.

약방은 동네 과일가게들이 모여 있는 곳에 있었는데 그의 안내로 쉽게 찾을 수 있었다. 그곳은 매우 작고 초라한 시골 약방으로 간판 불빛이 희미하여 분별하기 힘들었다.

나는 의사 처방전을 약사에게 건넸다.

약 이름이 기억나지 않으나 매우 싼 가격이었다.

나는 다시 릭샤를 타고 방갈로 입구까지 왔다.

돌아오는 길에 그는 내가 묻지도 않았는데 자기 이름을 먼저 말해주었다. 그의 이름은 너무 길어서 기억하기에 어려울 것 같았다.

그가 시와*신을 믿는다고 하길래 나는 믿는 특정 종교는 없지만 끄리시나*신을 좋아하니까 앞으로 만나면

---

* 시와(시바) : 힌두교 주요 신 중 하나로 파괴자 또는 창조자의 면모를 지니는데, 창조자로서의 시와는 링검(남근상)으로 숭배받음. 시와는 요가의 대가로도 묘사되는데, 텁수룩한 머리에다 벌거벗은 몸에 재를 바른, 히말라야에 사는 수행자의 모습이다. 그의 이마에 있는 눈은 지혜를 상징한다. 몸에 뱀을 두르고, 무기로 삼지창을 들고 황소 넌디를 타고 있는 모습이다. 넌디는 힘과 권력, 정의와 도덕성을 상징한다. 배우자의 빠르워띠를 존경과 관대함으로 대하기 때문에, 여성들은 시와가 이상적인 남편상이라고 여긴다.

서로의 이름을 시와와 끄리시나로 부르기로 했다.

그는 흥미 있으면서도 의외다 싶은 말을 했다.

내가 오리싸 주의 벵골만에 가까운 이 마을에 처음 도착할 때부터 동네 입구에서 날마다 나를 손꼽아 기다렸다고.

대부분의 외국인들은 긴 외출이나 나들이를 할 때마다 반드시 사이클릭샤를 이용하는데, 나는 그렇지 않아 다른 손님이 없을 때는 하루 종일 나를 릭샤 손님으로 생각하면서 동동거리며 다녔다고 한다.

그가 나를 기다린 날짜가 무려 49일째라니! 내가 첫날부터 그와 미리 약속을 했거나 아니면 그의 릭샤만을 이용한다는 예약을 한 것도 아니지만, 49일이나 나를 손님으로 기다렸다니 어안이 벙벙했고 그에게 미안한 마음까지 들기도 했다.

---

* 끄리시나(크리슈나) : 인도의 신 중 가장 널리 숭배되고 사랑받는 신. 위시누(비슈누)의 화신으로 선을 지키고 악과 싸우기 위해 이 땅에 왔다. 고삐(젖 짜는 여자)와 관련이 있고, 라다(유부녀)를 사랑했다는 점 때문에, 그는 수많은 그림과 노래의 소재가 되었다. 끄리시나는 짙은 파란색으로 그려지며 보통 피리를 들고 있다. 16세기에 실존한 라지푸트 공주 미라바이는 끄리시나에 대한 사랑 때문에 남편을 떠나 한평생 끄리시나에 대한 시와 노래를 지으며 살았다고 한다.

지금까지 오지랖이 넓지 못하는 나는 방갈로에서 아웃사이더로 생활하면서 정확한 날짜 계산을 하지 않고 보냈다. 아니 시간의 흐름을 모르고 지냈다는 표현이 더 맞을 것이다.

이 방갈로 생활을 시작할 때 관리인과 약 두 달 정도를 예약했는데, 주위의 무관심과 침묵으로 보낸 그렇게 많은 날들이 벌써 이렇게 빨리 지나갔는지 나 자신도 모르고 있었다.

그동안 나는 나그네로 혼자 방갈로 생활을 하면서 어느 누구와도 거의 말을 하지 않고 지냈다.

어느 누구와도 만나고 싶지 않았고 말을 하고 싶지도 않았으며 단 한 사람도 만나서 오래 대화를 한 적이 없었다.

병이 나서 의사에게 진찰을 받고 이 릭샤왈라와 처음으로 긴 말을 나눈 셈이다.

인도 의사의 간단한 진찰과 처방전을 받고 약방에 가서 약을 사서 먹은 뒤까지도 진찰과 처방의 과정이 너무 간단하고 허술하게 느껴져 그 인도 의사에 대해 믿음이 가지 않았다.

하지만 '자기 전 한 번, 다음날 한 번'의 간단한 약 복용으로 하루만에 몸의 열이 사라지고 답답했던 가슴이 편해졌으며 그처럼 심하던 잔기침도 뚝 그쳤다.

이렇게 짧은 시간에 회복되다니 작은 기적이라도 일어난 것 같았다.

나는 그 인도 의사와 릭샤왈라 모두에게 이심전심 마음속으로부터 깊은 감사와 고마움을 느꼈다.

무심코 내가 책상 위에 놓아두었던 그 의사의 처방전에 우연히 눈길이 갔다.

그 종이를 들고 자세히 들여다보니, 전날 그가 진찰을 끝내고 떠날 때 처방전 아래에 영어와 오리야말(오리싸 주의 공식 언어)로 간단하게 적어 둔 글이 있었는데 그냥 모르고 지냈던 것이다.

다음과 같은 글이 적혀 있었다.

'인생은 괴로워하면서 시간을 보내기에는 참으로 경이롭고 너무나 짧다.'

그 인도 의사는 무지렁이 내 몸만 치료해 준 것이 아니라 마음까지도 치료해 준 것 같다.

그 후로 나는 릭샤왈라와 친해졌다.

날마다 나는 일찍 기상해서 요가나 명상을 하고 꽃에게 인사하며 바닷가를 즐거운 마음으로 산책했다.

아침 박명과 해돋이를 보고 새들에게 모이를 주고 나면 그를 만나러 마을 입구로 나갔다.

우리는 서로 만날 때 시와나 끄리시나 등 신의 이름을 부르기로 했으나 한 번도 그렇게 부른 적은 없었다.

나는 언제나 그를 '내 친구'라고 불렀고, 그는 나를 보자마자 항상 밝고 즐겁게 웃으면서 두 손을 가슴이나 머리에 모으며 경어를 사용했다.

그리고 내가 그에게 길을 묻거나 어떤 일을 부탁할 때 그의 적극적이고 능동적인 대답은 항상 '노 프라블럼(문제없어요)'이었다.

여전히 나는 말을 거의 하지 않고 지냈지만, 그가 이야기할 때는 그의 말을 아주 재미있고 즐겁게 들었는데 그만큼 그의 말과 행동은 진실되고 꾸밈이 없었다.

특히 그의 사소한 말에도 내가 마음을 다해 그 사람 이야기에 깊이 귀 기울였기 때문에 그는 오랜만에 친한 말상대라도 만난 듯, 오랫동안 참고 있었던 속내 비밀을 한꺼번에 폭포수처럼 털어놓았다.

계속해서 그의 말을 흥미 있게 들으면 그는 말하는 사이에 '당신은 행복하십니까?'라는 질문을 자주 했는데 내가 그렇다고 했다.

그는 가끔 이야기 도중에 빈랑나무 빨 열매를 입 안에 통째로 넣어서 천천히 질겅질겅 씹다가 뱉기도 했는데, 그래서 그의 이는 검붉은 색으로 변해 있었다.

우리는 서로 매우 가까워졌다.

오전에 마을 입구에서 사이클릭샤왈라를 만나 먼저 가게에서 짜이 한 잔을 하고 나면 그의 자전거를 타고 다녔다.

나는 그에게 몇 가지 제안을 했다.

"내 친구, 난 지금 자네 외에는 어떤 사람도 더 만나서 말하고 싶지 않으며, 복잡한 사원과 시장주변을 떠나 조용한 곳이면 벵골만의 어느 곳이든 가고 싶다."

"노 프라블럼."

내 친구는 즉각 답했다.

내 친구 릭샤왈라는 첫날부터 지금까지 계속 나를 관찰해왔는데, 처음에는 내가 외국 여행자로서 짐이 아주 적은 것이 이상했다고 했다. 쇼핑에 전혀 관심이 없고 사진 찍기를 싫어하는 것까지도.

지금까지 오리싸 주의 벵골만에서 릭샤왈라로 오랫동안 일하면서 수많은 외국 여행자들을 안내했지만 특히 사무실에 있는 신문과 잡지, 컴퓨터나 TV를 한 번도 사용하지 않고 콘텐츠에 관심이 없으며 휴대 전화나 사진기가 없는 것이 이해가 안 갔으며, 더구나 전기도 없고 인적이 드문 벵골바다의 외딴 방갈로에 오래 은거하는 것까지도 이상하다고 했다.

나는 지금 내 친구가 된 그가 나에게 궁금해하거나 이상하게 여기는 것에 대해서 다음과 같이 이야기할 수도 있었다.

'난 홀로 천방지축으로 자유롭게 살고 싶었고, 집시와 보헤미안이나 코즈모폴리턴을 동경했으며 좌충우돌 방랑벽 때문에 오랫동안 전세계의 많은 나라들을 혼자 부평초처럼 표표히 이리저리 우왕좌왕 떠돌아 다녔는데, 그 나라들 중에서 막연하게 마음속 이상향인 샹그릴라를 꿈꾸던 티벳과 함께 여행하기 가장 힘들었지만 가장 자유로운 곳이 인도였다. 처음엔 사진도 많이 찍고 여행기도 쓰고 싶었으나, 인도 여행을 하면 할수록 기록을 남기려는 행위는 부질없는 일이라 생각되어져서 모든 것을 포기했다. 특히 여행 수가 늘어날수록 가방 속의 짐은 물론 몸과 마음의 짐도 점점 줄어들었다. 그리고 해마다 인도를 바람처럼 혼자 여행했다. 이번이 10년째다……' 그러나 나는 가벼운 웃음으로 대신했다.

그는 더 이상 묻지 않았다.

다음날도 나는 친구 릭샤왈라와 동네 입구에서 만났다.

그는 나를 보자마자 평소처럼 두 손으로 인사를 하면서 환하고 밝게 웃었다. 나도 그에게 답례를 했다.

그는 자기 릭샤의 의자를 수건으로 닦으면서 정중하게 앉으라고 권했다.

이제부터 나는 그의 자전거의 고정 손님이 된 것이다.

우리는 마을에서 좀 떨어진 들판으로 나갔다.

벵골만과 또 다르게 오리싸 주의 시골은 매우 조용하고 넓고 아늑했다.

나는 바닷가를 거닐 때만큼 마음이 편안하다는 걸 느꼈다.

시원한 바람이 분다. 우리는 들판 길가의 아름드리 큰 나무 그늘 밑에 앉았다.

마침 시골 노인이 자전거에다 야자나무 열매를 싣고 시장으로 가고 있었다. 코코넛 두 개를 주문하니 그 노인은 칼로 구멍을 내 주었다.

우리는 빨대 없이 야자를 입에 대고 그대로 즙을 마셨다.

연이어 가까운 숲에서 시원한 바람이 불어 왔다.

나는 릭샤왈라에게 "좋은 의사를 소개해 줘서 정말 고마웠다."고 늦게나마 다시 한 번 진심으로 인사를 했다. 그때서야 그는 그 의사에 대해서 자세하게 설명해 주었다.

그 의사는 브람민(브라만 : 인도 카스트 제도에서 가장 높은 지위) 출신으로 오리싸 주의 벵골만에서는 아주 덕망이 높은 분이란다.

그는 한때 히말라야에서 오래 수행했으며, 젊은 시절 꼴까따 같은 대도시에서 아유르웨다(아유르베다 : 인도 고전 의학서로 고대의 복잡한 인도 약초와 치료학)를 공부해 의사로 일했으나 일찍이 도시생활을 청산하고 지금은 고향에서 직접 농사를 지으면서 가꾼 곡식과 야채로 생활하

105

고 그 일부를 주위의 가난한 사람들에게 나누어 준다. 그는 언제나 있는 사람이 자린고비 노릇을 더 한다고 주장한다.

그러면서 명상과 요가를 하며 혼자 은둔해 살고 있다는 것이다.

그는 내로라 하는 의사지만 돈을 벌기 위한 진료는 하지 않으며, 일주일에 한 번 정도 장소나 시간을 정해 놓고 큰 마을로 나가서 가난한 사람들이나 이웃의 병자들을 무료로 치료를 해준단다.

이번에 릭샤왈라의 소개로 그 의사의 치료를 받을 수 있었던 것은 아주 귀한 일로, 그가 특별히 신신 부탁해서 왕진이 성사된 것이다.

내가 아주 만족해하는 모습을 보더니 릭샤왈라가 "당신은 행복 하십니까?"라고 물어서 "매우 행복 합니다."라고 하니까 오히려 그가 두 손을 모으며 환하게 웃는다.

그는 자신의 애틋한 사연을 숨김없이 계속 털어놓았다.

이 동네에서 한미한 집안에서 태어나 자랐다. 열네

살 때부터 자전거 운전사의 직업을 시작했다는 것이다. 그의 나이는 사십사 세이며, 삼십 년 동안 이 작은 시골 마을에서 일파만파, 설상가상 찢어지게 가난한 릭샤왈라로 헛헛하게 일했다고 한다.

그는 아주 늦게 결혼했고 한때 부인과 알토란 같은 사남매의 자식들과 가족이 오글오글 모인 단칸방에서 함께 잘 살았지만, 가족들이 뿔뿔이 흩어져 지금은 부인도 아이들도 집을 나간 뒤 영영 소식이 없어 혼자 살고 있단다. 아버지도 같은 직업이었으며, 발디딜 틈조차 없는 단칸 사글세방까지도 아버지와 같은 대물림이다.

그의 이야기 가운데 새로운 사실을 하나 알게 되었다.

내가 지금 타고 다니는 낡고 오래된 이 자전거마저 빌려서 영업하고 있다는 것을.

새 자전거는 하루에 삼십 루피, 오래된 것은 이십 루피를 주인에게 지불해야 하는데, 하루에 한 푼도 벌지 못할 때는 자전거 빌린 세를 갚지 못해서 전전긍긍한다고 했다.

그는 이른 새벽부터 밤늦게까지 고생고생 뼈 빠지게

일하고, 일하고, 일하고, 일해도 공치는 날이 많단다. 특히 폭염이나 불볕 더위가 절정을 맞거나 몬순(계절풍, 여름은 6-9월의 우기) 때 홍수가 나거나 며칠씩 계속 밤낮으로 장대비가 내리면 애초부터 손님이 없어 릭샤 운영이 어렵단다.

일 년을 두고 벌이가 될 때는 수입이 없는 날을 대비해서 약간의 돈을 준비해 두지만, 벌이가 없고 모아둔 돈마저 떨어지고 다른 일자리마저 없을 때는 입에 풀칠하기도 어려워 굶는다고 했다.

보통 때도 벌이가 적으면 하루에 한 끼, 쌀을 조금 사서 물에다 끓여 소금으로 간을 해서 먹는데 그때 유일한 반찬은 생양파 하나란다. 껍질 겹겹이 달콤하고 매운 인도 양파는 싸고 맛도 있으며 밥과 먹기에 양도 충분하기 때문이란다.

요즘 들어, 원래 이 작은 시골 마을에 인구도 적은데 인도 여행자나 외국 여행자는 갈수록 뜸해지는 반면 새 릭샤왈라들은 날마다 자꾸자꾸 늘어나서 일거리가 점점 더 줄어들어 걱정이 태산 같다고 애걸복걸 눈물을 글썽이면서 땅이 꺼질 것 같은 깊은 한숨을 내쉬고 머리를 쥐어뜯으며 괴로워했다.

오늘 그가 들려 준 온갖 신산을 다 격은 정글이나 다름없는 세상 얘기는 한가하고 편안하게 들을 수 있는 그런 종류의 재미있고 즐거운 내용이 아니었다.

나와 같은 하늘 아래에 살고 있는 한 남자의 매우 절박하고 처절한 이야기였다.

나는 그에게 어떤 위로의 다독다독한 말 한마디나 단한 가지의 도움도 주지 못한 채 혼자 힘없이 터덜터덜 방갈로로 돌아왔다. 그의 한마디 한마디가 내 머릿속을 들쑤셔 놓고 매우 혼란스럽게 만들었다.

지난밤은 불행하고 가난한 그 친구를 생각하면서 쓰린 마음에 나는 고스란히 밤잠을 설쳤다.

다음날, 나는 마을 입구에서 또다시 친구 릭샤왈라를 반갑게 맞이했다. 우리는 다음과 같은 진솔한 대화를 나누었다.

"친구, 지금 당장 자네가 가장 갖고 싶은 것?"

"난 어차피 사이클릭샤왈라가 평생 직업이니까 새 사이클릭샤 한 대를 갖는 것입니다."

"새 사이클릭샤?"

"그렇습니다."

"값이 얼마죠?"

"구천 루피입니다."

사이클릭샤 한 대 가격으로 구천 루피는 인도의 가난한 사람에게는 매우 큰 금액이다. 아마 인도의 도시에서는 새 사이클릭샤 가격이 더욱 더 비쌀 것이다.

"친구, 내가 병이 났을 때 자네가 진심으로 내게 온정을 베풀어준 것에 보답하는 의미로 새 릭샤 한 대를 자네에게 선물하고 싶네……."

내 말이 떨어지자마자 매우 놀라 눈이 휘둥그레지며 몹시 붉게 상기된 얼굴로 왈칵 눈물까지 솟구치면서 그는 두 손을 합장해서 자기 머리와 가슴에다 몇 번이고 올렸다 내렸다 하다가 "당신에게 신의 축복이 내릴 것입니다."라고 경어로 말했다.

잠시 마음의 평정을 되찾다가 그는 다음과 같은 말을 덧붙였다.

"새 릭샤를 갖게 되면, 그 의자 앞에다가 당신의 선물임을 영원히 기념하기 위해서 한글과 영어로 '환영, 끄리시나에게'라고 쓰고 싶습니다."

완전히 회복하고 난 후 제일 먼저 간 곳은 이발관이

110

었다.

그곳은 조그만 채소나 과일가게들이 길가에 다른 노점상들과 함께 올망졸망 모여 있는 동네 한가운데 위치하고 있었다.

언뜻 봐서는 이발관이라고 쉽게 알아차릴 수 없었다. 어떤 간판이나 표시가 없었기 때문이다.

그곳에는 오래된 벽거울 하나와 벽 위에 붙여져 있는 여러 신들의 사진 한 장, 그리고 낡은 의자 하나뿐이었다. 거울 앞 선반 위에는 오래된 빗 하나, 가위 하나, 손면도기 하나가 전부였다.

이발관을 겨우 찾긴 했으나 너무 누추하고 초라한 시설에 당황하여 '꼭 이런 곳에서 이발을 해야 하나?' 하고 망설이다가 그 이발사 노인에게 손인사를 하고 의자에 앉았다. 그 이발사는 내게 한마디 말도 하지 않았다. 하지만 늙어 보였으나 밝은 표정과 조용하고 인자한 모습에 정이 갔다.

손짓으로 의사 소통을 하면서 이발은 매우 능란하게 진행됐다.

이발소에서 내 머리를 삭발하기는 난생 처음 있는 일이었다. 가격은 이십 루피였다. 이발사에게 팁과 함께 고맙다는 표시를 하며 그곳을 나섰다.

나는 말로 표현할 수 없는 해방감을 느꼈다.

바닷가 방갈로에서 약간 떨어진 힌두 사원이 있는 마을로 산보를 나갔다. 벵골만 주변이 아닌 곳으로는 오랜만의 긴 외출이었다.

그동안 벵골 바닷가의 적막과 고독이 깃든 외딴 방갈로에서 외롭고 쓸쓸하고 단순한 혼자 생활을 했으나, 인도인의 복잡한 일상 삶의 현장으로 나가 보았다.

사원 주변의 바자르에는 다양한 부류의 엄청난 사람들과 동물들, 차량들과 가게들이 혼잡을 이루고 있었고 어떤 아이들은 길에서 구슬치기와 자치기를 하고 있었다.

날씨는 점점 더워졌다.

한낮의 뜨거운 햇살이 주변의 열기를 더욱 뜨겁게 했다.

길가 모퉁이의 아름드리 큰 반얀나무 밑에 많은 인도인들이 반원을 하고 모여 있었다.

삭발한 머리와 헐렁한 흰 옷 차림의 나는 그곳으로 궁금해서 가보았다.

그곳에 모여 있던 구경꾼들은 모두 하나같이 남자들 뿐이었다. 그 인도인들은 가지각색의 다양한 옷과 모습으로 뜨거운 황토흙 위에 맨발로 서서 무엇인가를 흥미롭게 들여다보며 집중적으로 열심히 구경하고 있었다.

거기에는 헐렁한 흰 옷을 입은 인도 노인이 긴 흰머리와 긴 흰 콧수염, 긴 흰 턱수염을 바람에 날리면서 "여러분"이라는 말을 자주 반복하며 구경꾼들에게 오리야말로 번지르르 무엇인가를 자랑스레 설명했다. 오리야말은 이해할 수 없었지만 그 현장의 분위기는 매우 흥미롭고 신기했다.

그 노인의 팔과 목에는 여러 가지 크고 작은 화려한 장식들이 줄줄이 달려 있었고, 양 어깨 위에는 눈부시게 아름다운 이국적인 새 두 마리가 머리를 꼿꼿하게 쳐들고 형형색색의 깃털을 하늘을 향해 세운 채 앉아 있었다. 그 옆에는 여러 개의 크고 작은 둥근 대바구니들과 진귀한 약 봉지들이 가득 놓여 있었다.

마술사이자 약장수의 "여러분"이라는 말은 계속 이어졌다.

마술사가 작은 바구니를 열어놓고 피리를 불면 마술

사의 피리소리에 맞추어 코브라가 춤을 춘다.

코브라의 종류는 아쌈(아삼 : 인도 북동부의 주) 지방에서
부터 뱅골 지방에 이르기까지 크기도 모양도 색깔도 다
양한데 머리 부분에 붙은 상징물들은 더 신비감을 자아
냈다.

그는 여러분이라는 말을 여전히 자주 반복하며 작은
약 봉지를 열고, 모여든 구경꾼들에게 어쩌구저쩌구 하
면서 온갖 수단과 방법을 동원하여 소상히 약들을 흥미
진진하게 소개했다.

이제 두 개의 큰 바구니만 남았다.

그 약장수가 피리를 불며 두 번째로 큰 바구니의 뚜
껑을 살며시 열었다. 큰 코브라 한 마리가 혀를 매섭게
놀리며 넓적한 머리를 좌우로 흔들면서 신기하게 춤을
춘다. 그는 "여러분, 여러분"하며 신이 나서 반복하다
가 코브라가 있는 바구니를 들고 자리에서 부리나케 일
어났다. 그리곤 반원을 이루고 서있던 구경꾼들에게 직
접 다가가서 코브라들을 가깝게 보여 주었다.

그 바구니 안에 있던 한 마리의 코브라는 주인의 피
리소리와 함께 장단이라도 맞추는 듯 너울너울 춤을 추
었다.

갑자기 화들짝 놀란 모든 구경꾼들은 제각기 코브라에게 두 손으로 일제히 경건한 인사를 표하면서, 바구니 안마다 1루피의 동전 하나씩을 순식간에 툭툭툭 던져 넣었다.

어느새 약장사 노인은 내 앞까지 왔다. 그는 자기 바구니를 내게 슬쩍 보여주었다. 한 마리의 코브라가 나를 향해 덩실덩실 춤을 추고 있었다. 나는 재빨리 1루피짜리 동전 두 개를 그 바구니 안에 집어 넣었다.

그는 코브라를 더 오래 구경하라고 내게만 눈짓을 해 보였다.

이제 그 마술사에겐 마지막 가장 큰 바구니 하나만 남았다.

여기 모인 구경꾼들은 모두 그 마지막 큰 바구니에 지대한 호기심을 갖고 있는 것 같았다.

왜냐하면 그들 중 한 사람도 그 자리를 떠나지 않았고, 한 사람도 잡담을 하지 않았으며, 한 사람도 다른 곳에 시선을 돌리지 않았기 때문이다.

마지막 남은 둥근 대바구니 속에는 어떤 코브라가 들어 있을까? 나도 몹시 궁금했다.

위풍당당한 약장수 노인은 자기의 긴 흰 수염을 어연

번듯하게 한 번 쓰다듬고 난 후 그 이국적인 새를 머리에 올리더니 마지막 보물 바구니를 자기 앞으로 가져갔다. 그는 신명이 났다. 그가 흥분하며 열광하는 신들린 듯한 목소리는 한낮의 태양만큼 뜨겁게 후끈후끈 달아올랐다.

마술사이자 약장수 노인은 마지막 큰 바구니의 뚜껑을 잇따라 열고 피리를 불었다.

마침내 그 바구니 안에서 몸통이 아주 길고 굵으며 무시무시한 커다란 코브라 한 마리가 오래 기다렸다는 듯, 큰 머리에 붙어 있는 이상야릇한 상징물을 뜨거운 햇볕에 반짝이면서 재빠르게 혀를 날름날름거리며 몸을 하늘을 향해 살래살래 흔들고 피리소리에 맞추어 신들린 듯 춤을 추고 있었다.

오랫동안 침묵을 지키고 그 자리에 서 있던 구경꾼들은 그 코브라를 보자마자 일제히 "앗!"하고 작은 비명을 지름과 동시에 그 코브라를 향해 두 손으로 경건한 표시를 하면서 일제히 한 발짝 뒤로 물러났다.

마치 산신령 같은 그 인도 약장수 노인은 히말라야의 깊은 산속에서만 산다는 그 큰 코브라가 들어 있는 자기 바구니의 뚜껑을 닫으면서, 내가 이해할 수 없는 오

리야 방언으로 이러쿵저러쿵 하면서 신이 나서 다시 약
선전을 하기 시작했다.

가지에서 뿌리가 나온 그 큰 반얀나무 밑자리를 떠났
다.

대낮의 햇살은 연이어 대지를 아주 뜨겁게 달구고 있
었다.

더위로 숨이 턱턱 막힌다.

나는 뜨거워진 황토길을 따라 혼자 천천히 걸었다.

날씨는 몹시 더웠지만 내 몸과 마음은 그 어느 때보
다도 고요하고 평온했다.

갑자기, 참으로 오랜만에, 내가 그간 너무나 바쁘고
너무너무 복잡한 메마른 도시생활을 하는 동안 까맣게
잊어버리고 있었던, 고향에서 살아생전 엄마와 함께 보
냈던 끈끈한 어린 시절의 아련한 추억이 불현듯 아스라
이 떠올라 마음이 짠했다.

엄마가 이른 새벽과 자기 전 언제나 엄마만의 성스러
운 공간에서 촛불을 밝히고 합장하여 '나무아미타불
관세음보살'을 염불하는 소리가 끊이지 않았다.

'나무아미타불'을 염불하는 것은 '나를 비우고 아미

타불의 무량한 빛과 무량한 수명을 가득 담겠다.'는 것
이며, '관세음보살'을 염불하는 것은 '나를 비우고 관
세음보살의 대자비심과 복덕을 받들고 따르고 담겠
다.'는 것이리라.

그리고 아마 태어난 후 처음 엄마의 손을 잡고 가장
멀리 동네 밖으로 나갔던 내 어릴 적 시절이 생각났다.
그건, 내가 엄마의 손을 꼭꼭 잡고 수십 리보다도 더
먼 시골장에 땀을 뻘뻘뻘 흘리며 지칠 줄도 모르고 간
일이다.
그때 엄마 손을 잡고 부처님의 염화미소 같은 엄마의
온화한 미소를 보면서 가는 나들이, 그 자체가 정말로
좋았다.
그때의 내 손 안에는 하늘도 땅도 바다도 온 세상을
모두 감싸 안고도 남을 엄마의 무한한 사랑이 있었기
때문이었다.
그 시골 장터에서 설레임과 들뜬 마음으로 난생 처음
맛본, 그 진귀하고 그 경이롭고 그 오색찬란한 갖가지
풍물들 때문에 오랫동안 즐겁고 행복한 추억을 엄마의
이미지와 함께 내 영혼 속에 오래오래 고이고이 간직할

수 있었던 것이다.

　나는 관세음보살 같은 엄마의 모습을 그리워하면서,

　"어머니! 어머니! 어머니!"라고 엄마를 몇 번이고 목
이 메어 다시 불러 보았다.

6

오늘도 나는 친구 사이클릭샤왈라를 만났다. 그는 내게 평소처럼 밝게 웃으며 인사했다.

그에게 한 가지 질문을 했다. 지금까지 내가 보낸 바닷가 마을 외에 조용하게 한낮을 함께 보낼 수 있는 또 다른 장소를 아느냐고.

"노 프라블럼."

내 친구의 즉답이다.

그는 내가 무척 좋아할 것 같은 들판과 숲지대를 한군데 알고 있단다.

나는 그의 릭샤를 타고 평소 머물던 동네와 정반대 방향에 있는 오리싸 지방의 또 다른 농촌을 가 보았다.

그곳은 아늑하고 포근한 숲이 울창하게 우거진 정글

지대였다.

　그동안 내가 가끔 혼자 가 보았던 벵골만과 인접한 숲지대와 달랐다.

　그곳의 울창하고 빽빽한 커다란 나무들은 하늘을 가리고 원시림을 이루고 있어, 대낮인데도 그 호젓하고 어두컴컴한 숲 그늘에는 또 다른 고요와 정적이 감돌고 있었다.

　가끔 이름 모를 산새들의 아름다운 합창소리가 정적을 깰 뿐, 바람도 자는 듯 조용하고 평화로운 숲이었다.

　어쩌면 그 옛날 옛적에 라마(가장 널리 숭앙받는 힌두신 중 하나로, 무용과 미덕의 화신)가 사랑하는 아내 씨따(시타 : 힌두 신화 『라마연(라마야나)』에 나오는 라마의 아내로, 헌신적이고 순종적인 아내의 표상)와 함께 오랫동안 보냈던 그 숲도 이런 곳이 아니었을까?

　우리는 숲길을 따라가다가 숲 한가운데 위치해 있는 조그만 오리야 힌두 사원을 발견했다.

　그곳은 매우 신기하고 이국적이었다. 이런 으스레한 숲속에 힌두 사원이라니……? 마치 과거에 와 있는 듯한 착각을 일으켰다.

　내가 호기심을 보이자 릭샤왈라는 매우 좋아했다.

한 인도 노인이 관리인으로 그 고즈넉한 사원을 지키고 있었다.

친구가 릭샤를 사원 입구에 세워 놓고 내가 맨발로 그 안으로 들어갔을 때 강렬한 햇볕에 따끈따끈하게 달궈진 그곳의 돌바닥은 뜨거웠다. 다른 방문객은 없었다.

나는 사원 안에서 간단한 의식을 행했다.

내가 두 손 모아 그곳의 관리인에게 인사를 하자 그는 친절하고 상세하게 옛날 한 사람의 구루(힌두교에서 홀로 영적 혜안을 얻은 정신적 스승 또는 지도자)와 그 사원에 관해 설명해주었다.

옛날에 오리싸 출신의 영적 스승인 구루 한 사람이, 이 정글 속에 혼자 살면서 오랫동안 수행을 했는데, 바로 그 장소에 아시럼이 세워졌다고 한다.

구루가 이 숲속에서 기거하던 시절에는 사나운 산짐승들이 살고 있었는데도 아무 탈 없이 밤낮 혼자 앉아서 물만 먹고 수행했다는 것이다. 구루가 수행하던 장소 바로 옆에는 오리야 힌두 건축양식의 작은 탑이 세워져 있었는데, 성스럽고 경건한 기운으로 가득한 그 신비로운 탑 안에서 구루는 임종했다.

평소 구루가 수행하던 은밀한 사원 안에는 그의 사진 네 개가 걸려 있었다.

그중에서 두 장은 콧수염을 기른 젊은 시절의 모습을 담고 있었고, 또 다른 두 장은 길고 흰 턱수염을 기른 사진과 흰머리의 노년 시절의 사진인데, 가부좌를 하고 몸에는 아무것도 입지 않았으며 양쪽 귀 옆으로 이삼 미터 이상 되어 보이는 긴 머리를 하고 있었다.

관리인은 구루의 사진들을 손으로 가리키면서, 어린 시절 부모와 함께 이 정글을 처음 방문했을 때를 회상 하기도 했다.

지금은 조용하지만 2월 중순쯤이면 전 인도로부터 힌두교 순례자들이 한꺼번에 구름처럼 몰려와서 구루 를 경배하는 식이 열린단다.

참석자들은 전날 밤부터 다음날 이른 아침 힌두교 뿌 자 의식이 있을 때까지 몸과 마음을 정결히 하고 밤을 새우며 아무 음식도 먹지 않고 기도하고 만트라(주문)를 외우고 깊은 명상을 하면서 구루에게 큰 존경을 표시한 단다.

신이나 어떤 대상에게 자신이 할 수 있는 것을 진심 으로 철저히 바침으로써 이기심 없는 사랑과 완전한 자유를 발원하는 것이었다.

　우리는 구루의 아시럼을 나왔다.

　자전거를 사원 앞의 빈터에 세워 놓고 울창한 숲 근
처 한적한 농촌의 들판으로 자리를 옮겼다. 눈앞에는
끝없이 드높고 푸르른 초원이 전개되었다.

　우리는 말없이 오랫동안 먼 쪽빛 하늘과 탁 트인 푸
른 들판을 바라보고 있었다.

　멀리 집들이 옹기종기 모여 있는 마을의 정경이 평화
롭다. 참으로 아늑하고 한가로운 오리싸 지방의 농촌
풍경이다.

　우리는 숲가의 길가에 묵연히 편하게 앉았다. 주변
숲에서 새들이 조잘조잘 재잘재잘거리고 어디선가 쏴
아 하고 바람이 불어왔다. 그 바람에 이름 모를 들풀들
이 수줍게 누웠다 일어났다를 반복했다.

　한낮의 따사로운 햇살이 들판을 빗질하듯 내리고 있
었다.

　어느 샌가 갑자기, 우리 주변의 들판은 바람도 자고
새소리도 딱 그쳤다. 이어서 들판은 마법 같은 적막감
이 감돌았다. 온 세상이 영원히 모두 정지된 것 같았다.

느닷없이 한낮의 정적을 깨뜨리는 어떤 소리에, 후다 닥 소스라치게 놀라서, 나는 기계적으로 고개를 들었 다.

숲가의 들판에서 가축들이 재빨리 이동하고 있었다.

많은 수는 아니지만, 그동안의 수차례 인도 여행 중 에 농촌이나 들판에서 가끔 보던 그런 가축몰이 풍경이 었다.

계속해서 대낮의 뜨거운 햇볕은 시나브로 후끈후끈 열기를 더해 가고 있었다.

나는 우연히, 이동하던 그 가축들을 무심코 또 한 번 더 보게 되었다. 그동안 평화롭고 호젓한 들판에서 느 닷없이 짧고 가느다란 사람의 목소리가 이어졌다.

어린 인도 소녀가 흐트러진 긴 검은 머리를 아무렇게 나 늘어뜨린 채, 한 손에는 소들의 목에 매단 가늘고 긴 몇 개의 줄을 잡고 있었고, 또 한 손에는 대나무 막대기 를 들고 염소들과 양들을 쫓고 있었다.

나는 무심결에 벌떡 자리에서 일어났다.

시선을 한 곳으로 집중해서 계속 소녀가 이끄는 가축 들의 움직임을 자세히 살펴보았다.

소녀는 맨발이었고 몸에는 아무 장식도 없었으며, 해어진 갈색 윗옷은 너절너절한 채 사리도 입지 않았다. 색이 바랜 노란 치마는 눈부신 오후의 태양에 유난히도 반짝거렸다.

내가 소녀의 얼굴을 보려는 순간, 소녀는 순식간에 가축들과 함께 숲가의 다른 들판으로 옮겨가고 말았다.

나는 소녀의 뒷모습을 물끄러미 바라보며 숨이 딱 멎을 듯한 휑한 느낌을 받았다.

지극히 평범한 인도 농촌의 한가로운 들판에서 가끔 볼 수 있었던 가축을 모는 어린 소녀.

나는 황급히 달려가서 찾았으나 그 소녀는 어디론가 갑자기 홱 사라지고 말았다. 분명 눈 깜짝할 사이에 신비하고 기이한 일이 벌어졌다. 어떤 환각에 사로잡혀서 신기루를 쫓거나 어떤 신내림 굿판에서나 체험할 수 있는 그런 일에 사로잡혔다.

나는 혼자 마음의 변화를 진정시키고, 함께 간 친구 릭샤꾼에게는 아무 내색도 하지 않은 채 방갈로로 돌아왔다.

오후 시간에 나는 숲가의 들판에서 생긴 일을 곰곰이

정리해 보았다.

가끔 시내를 벗어나 커다란 야자나무들이 우뚝우뚝 서 있는 시골 마을을 갈 때마다 한가한 들판에서 이따금 보던 풍경이었다.

그때는 주로 나이 많아 보이는 남자나 여자가 소 떼나 양 떼, 염소 떼를 지켰다. 가끔 어린 여자아이도 있었으나 어른들과 함께 다녔다.

오늘처럼 어린 소녀가 들판에서 혼자 가축들을 지키는 것은 흔치 않은 일이었다.

한낮에 정글의 숲을 산책하다가 이국 정취의 오리야 힌두 사원을 방문한 뒤, 호젓한 들판에서 가축을 몰던 맨발의 그 인도 소녀를 보는 순간 어떤 환각에 빠진 것은 나 자신도 알 수 없는 일이었다.

나는 흐트러진 속마음을 진정시키면서 한가하고 평화로운 농촌의 들판에서 우연히 생긴 일을 잊으려고 무진 애를 썼다.

아, 어찌된 일인가.

이름도 얼굴도 모르는, 그냥 호젓한 들판에서 가축들을 돌보던 어린 여자아이의 옆모습이 내 머리 속에 자꾸만 떠올라 그 상념탓에 누웠다 앉았다 하면서 말똥말

똥 뜬 눈으로 밤새 한숨도 자지 못하고 비몽사몽 뒤척였다.

소녀의 모습을 애써 잊어버리려고 노력하면 할수록 오히려 더 신기하게 낮에 잠깐 본, 그 여자아이의 옆얼굴이 어떤 환영처럼 자꾸자꾸 떠오르는 것이었다.

참으로 몽환적이며 이상야릇한 일이었다.

다음날, 나는 마음이 편치 않았다. 릭샤왈라와 정글의 숲을 산책하다가 호젓한 들판에서 신기한 체험을 한 일 때문이었다.

아침 일찍 일어나서 평소 때처럼 명상을 한 후, 나는 다시 마음을 정리하려고 노력했으나 아무 보람없이 헛수고였다.

그동안 힘든 기계적인 직장생활과 버겁고 팍팍한 인간관계, 눈코 뜰 새 없이 바쁘고 복잡하여 뒤죽박죽이 된 세상만사가 귀찮게 여겨져서 모든 것을 버리고 떠난 나. 벵골만의 바닷가 방갈로에서 홀로 난생 처음 진정 원했던 즐겁고 자유로운 생활을 해 왔는데, 그 내가 어디로 사라지고 말았다.

다음날, 그 다음날도 평소와 같은 자유롭고 단순한

생활로 되돌아가려고 나는 무척 노력했다.

다행히 모든 것이 서서히 순조로워졌다.

하지만 아, 어찌된 일인가.

마음 한구석에서는 그 예기치 못한 사이에 휙 순식간에 사라진, 가축을 몰던 맨발의 소녀가 좀처럼 잊혀지지 않는 것이었다.

그 아이를 잊으려고 하면 막연히 그리워지고, 애쓰면 애쓸수록 어떤 마법에라도 걸린 사람처럼 괜히 마음이 싱숭생숭하고 매우 혼란스러워졌다.

더는 참지 못하고, 나는 친구에게 그 정글의 숲속에 있는 영적 스승의 아시럼과 조용하고 평화로웠던 들판을 다시 한 번 가보고 싶다고 제안했다.

그는 내 속사정을 모른 채 자기 소개로 간 곳을 "당신이 행복해하니 나도 행복 합니다."라면서 평소에 사용하던 경어와 함께 웃는 얼굴로 두 손 모아 표시했다.

나는 우리가 처음 갔던 그 시간에 맞추려고 조마조마한 마음으로 무척 노력했다. 하지만 같은 시간 같은 장소에서 그 여자아이를 눈이 빠지게 애타게 기다렸으나 그 가축몰이 소녀는 도대체 어떻게 된 셈인지 영 나타나지 않았다.

다행히 우리는 그 들판에서 가축을 돌보는 다른 가족을 만났다. 맨발의 아버지와 아들이었다.

어린 아들은 두 손으로 가슴에 어린 염소새끼를 안고, 소치는 자기 아버지의 뒤를 종종걸음으로 따르고 있었다. 매우 밝고 건강한 모습이었다. 특히 하루벌이가 오십 루피라고 무척 만족해했다.

이 가족들이 어느 마을에 사는지 알고 싶었다. 이 고장 태생인 친구는 '가축을 돌보는 가족들이 함께 모여 사는 가장 낮은 계급의 마을'을 잘 알고 있다고 꼭 집어 내게 살짝 귀띔해 주었다.

나는 친구에게 이번에는 넌지시 가축을 돌보는 사람들이 모여 사는 가장 낮은 계급의 마을을 방문하고 싶다고 채근했다.

평소 외출도 안 하고 방갈로에 칩거하면서 무려 49일이 되도록 한 번도 릭샤를 이용하지 않던 내가 한번 아픈 이후부터 날마다 그의 자전거를 타고 먼 곳으로 다니면서 새 릭샤를 선물하겠다는 약속까지 했으니, 그는 매일 나와 만날 때마다 감사 표시를 하며 기뻐서 어쩔 줄 몰라 하던 터였다.

다음날 오전 그의 안내로 소치는 가족들이 오순도순 집단으로 거주하는 농촌마을에 갔다.

지난번 들판에서 만난 그 아버지와 아들은 유감스럽 게도 가축을 돌보러 들판으로 나가고 없었다.

그곳에는 논과 밭을 끼고 초라한 초가집들이 옹기종 기 모여 있었다. 우리는 마을 입구의 나무 밑에 자전거 를 세워놓고 동네로 한참 동안 걸어 들어갔다.

꾀죄죄한 옷차림을 한 동네 조무래기들이 삼삼오오 신기한 듯 우리 뒤를 졸졸졸 따라오면서 수군수군 키득 키득거렸다. 누추한 사리를 입은 인도의 농촌 여인들이 우물가에서 나직한 목소리로 서로서로 도란도란 정답 게 이야기하다가 우리 쪽을 힐끔힐끔 히죽거리며 쳐다 보았다.

오래 전부터 소몰이 마을에서 산다는 오리싸 주 출신 의 한 노인을 친구 릭샤왈라의 도움으로 만나 이것저것 여러 가지 사실들을 꼬치꼬치 캐물었다.

그는 예순 후반으로 보였다. 그 노인도 소몰이 일을 하는데 그가 한번 들판에 나갈 때는 이 동네 여러 집에 있는 소나 염소, 양들을 한꺼번에 모아서 간다고 했다.

오전에 소를 끌고 들판에 나간 그는 오후에 점심을 먹었다. 동네 가까운 곳에서 가축을 돌볼 땐 가족 중에 한 사람이 점심 도시락을 날라다 주지만, 멀리 갈 때는 직접 도시락을 가져갔다.

언제나 맨발인 그는 소몰이를 할 때는 맨발이 가장 편하며 따로 신발이 필요 없단다.

그는 하루에 보통 두 번 식사를 하는데 들판에서 여덟 시간 정도 가축을 돌볼 때는 몸이 녹초가 되거나 파김치가 되어 집에 돌아와 저녁을 먹는다고 한다.

그는 일 년 내내 소몰이 일을 계속 못한다. 장대비가 엄청나게 퍼붓는 몬순 때, 아플 때, 너무나 더울 때, 너무너무 추울 때는 일을 할 수 없기 때문이다. 그래서 일 년 동안 일하는 날은 전부 넉 달 정도란다.

그 일이 없을 땐 새끼 꼬는 일 외에 잡일을 하거나 공사판에서 다른 노동일로 생계비를 보충한다고 한다.

오리야말을 사용하는 정감어린 얘기를 듣고 나서 소몰이 노인에게 물었다.

"지금 현재 당신의 생활을 어떻게 생각하세요?"

그는 주저 없이 답했다.

"지금 건강한 가족과 살 집이 있고 일이 있으며 신이

날마다 우리를 축복해 주니 행복해요."

마지막으로 나는 노인에게 물어보았다.

"혹시 이 마을에 혼자 가축을 돌보는 여자아이가 있습니까?"

노인은 다음과 같이 자상하게 설명해 주었다.

현재 이 동네에서 여자아이가 혼자 가축을 돌보러 들판에 나가는 경우는 없단다.

어린 여자아이가 가축을 돌보게 되면, 우선 수입이 적고 하루에 많은 일을 시킬 수 없으며 가끔 가축을 잃어버릴 수도 있으니까 부모와 같이 가는 경우가 대부분이란다.

행여나 소몰이꾼들이 모여 사는 다른 동네는 없느냐고 내가 다시 노인에게 묻자, 간혹 이 동네보다 신분이 더 낮아서 평소 이 마을 사람들과 교류가 없는 사람들의 가족들이 이 마을과 멀리 떨어져 살 수도 있는데, 그 가족 중에서 혼자 가축몰이 하는 여자아이가 있을 수 있다는 것이다.

나는 그 노인의 조신조신한 설명에 반신반의하면서도 일반 상식으로는 도대체 이해가 되지 않는 다양하고 복잡한 신분과 계급제도가 인도의 농촌사회에 선조 대대로 몇 백 년 몇 천 년 전부터 자자손손 뿌리 깊게 자리 잡고 있었다는 사실을 비로소 알게 되었다.

돌아오는 길에 친구에게 노인이 했던 말을 더 캐물었는데, 그는 내게 거듭 그 노인의 얘기를 확인시켜 주었다.

현재 인도의 시골에는 동네마다 신분이 매우 낮은 가족들이 오랜 세월 동안 함께 모여 살고 있다는 것이다.

소몰이 마을을 방문한 다음날, 나는 친구 릭샤왈라와 함께 숲가의 들판으로 나갔다. 가축을 돌보던 그 여자아이를 아무튼 기어이 만나고 싶었다.

내가 처음 그 여자아이를 잠깐 본 바로 그 장소에서 허둥지둥 좌불안석하며 반나절을 목마르게 기다렸지만, 그 여자아이는 우리들에게 자신의 모습을 드러내지 않았다.

소몰이 노인의 말을 듣고 나서부터는 더 그 여자아이를 하루 빨리 찾고 싶은 마음뿐이었다.

농촌마을 어디엔가 그 아이는 반드시 살고 있을 것이다.

날마다 그 아이에 대한 어떤 막연하고 간절한 기다림

이 벵골만의 도도한 파도처럼 밀려와 나는 가슴앓이가 생겼는데 그리움의 옹이가 마음의 병이 된 것 같다.

궁리에 궁리 끝에 릭샤왈라에게 소몰이 마을 주변과 들판을 한 번 더 방문해서 그 아이의 행방을 찾아봐 달라고 간청했다.

친구는 내 속앓이를 몰랐지만 다행히 매우 즐겁게 응해주었다.

나는 혼자서 온종일 가슴이 옴팍 내려앉도록 안절부절 어쩔 줄 몰라 방갈로와 바닷가를 정신없이 들락거리며 마디숨을 고르느라 헉헉대었다.

숲가의 들판에서 대낮에 잠깐 보았던 이름도 얼굴도 모르는 그 여자아이를, 단 한 번만이라도 만나보고 싶은 생각에 나는 조바심을 내면서 골똘히 몰입해 있었다.

릭샤왈라가 오후 늦게 기진맥진해서 나의 방갈로를 찾아왔다.

그는 하루 종일 소몰이 마을과 들판 주변을 쥐잡듯이 샅샅이 살폈는데, 혼자 가축을 돌보는 여자아이는 직접 찾지 못했지만 그 마을의 남자아이들이 이상한 소리를 하는 것을 들었다고 전해주었다.

그 마을의 남자아이들이 가끔 들판으로 놀러다닐 때, 같은 동네에 살지 않아서 이름은 잘 모르지만 한 여자아이가 항상 입을 꽉 다물고 가축들만 돌보는 것을 몇 번 본적이 있는데, 그 아이는 틀림없이 벙어리일거라고 했다.

'가축들을 돌보는 벙어리 여자아이?'

정확히는 모르지만 내가 그날 들판에서 본 그 아이는 가축들을 데리고 이동할 때 분명 어떤 소리를 질렀던 것 같았다.

나는 친구 릭샤왈라와 함께 직접 그 여자아이를 찾으러 가고 싶었으나 그가 한 가지 제안을 했다.

낯선 외국인이 소몰이 마을 주변에 자주 나타나거나 여자아이를 찾으러 다닌다면, 여기 시골 풍습으로 봐서 마을 사람들이 매우 이상한 눈으로 볼 수 있으니까 자기 혼자 계속 찾아보겠다고. 그래서 그의 의견에 따르기로 했다.

해가 지고 난 후에야 친구는 매우 밝고 즐거운 표정으로 내 방갈로에 헐레벌떡 돌아왔다.

드디어 그 여자아이를 찾았다는 것이다.

여자아이가 사는 곳은 다른 소몰이 마을과 떨어져 인적이 드문, 야자나무 숲과 바나나나무들이 자라는 들판 옆 아주 외딴 곳의 조그만 움막이라 했다.

여자아이를 직접 만나지 못했지만, 어느 늙은 인도 여자가 야자나무숲 옆의 시냇가에서 누추한 사리를 걸친 채 빨래를 하고 있는 것을 발견하고 얘기를 나누다가 바로 그녀가 우리가 찾는 그 여자아이의 할머니라는 것을 담방 알아냈단다.

다음날 나는 릭샤왈라와 함께 그 여자아이의 집을 찾아갔다.

타고 간 릭샤는 다른 소몰이 마을에 세워 놓고 우리는 그 마을과 정반대되는 꼬불꼬불한 외진 들길을 빙둘러서 오래 걸었다.

이 지역은 인도에서는 물론 오리싸 주에서도 가장 신분이 낮은 가난한 농촌마을 중의 하나로 알려져 있다고 친구는 내게 귀띔해주었다.

이곳에 사는 인도인들은 카스트 4계급에 들지 못하는 아웃카스트다. 살갗만 스쳐도 주위를 오염시킨다는 '불가촉천민' 덜릿(달리트)*계급이다. 그들은 '불평등하게 태어났다'고 카스트에 순응하며 인간은 전생의 카르

마(업)로 현생에 태어나는데, 현생에선 다르마(덕·의무)를 다하면 다음생에서 행복하게 태어날 수 있다는 것을 믿으며 오랜 옛날부터 마을 변두리에 살았다.

우리는 따스한 대낮의 햇살을 받으면서 이름 모를 들풀과 들꽃이 자라난 구불구불한 외진 들길을 어린 아이들처럼 걸었다. 까마귀가 울어대고 구수한 흙냄새와 향기로운 풀냄새가 서린 바람이 불어왔다.

맨발로 걷기에 편안한 그 들길을 얼마나 걸었을까.

드디어 릭샤왈라가 내게 손으로 무엇을 가리켰다. 야자나무숲 가까이에 작은 둥지 같은 것이 한 채 있었다. 그곳에는 사람들이 모여 사는 동네도 없고 다른 집들도 없었다.

그 여자아이의 게딱지 같은 오막살이는 사람이 사는 보금자리라고 할 수 없을 정도로 초라하고 누추한 귀틀집 움막과 비슷했다. 친구 릭샤왈라가 미리 설명해 준

---

* 달리트 : 간디는 일찍이 자신이 세운 공동체 마을인 아시람에 불가촉천민을 받아들였다. 또 불가촉천민의 딸을 양녀로 받았고, 불가촉천민에게 신의 자식이란 뜻의 하리잔이란 이름을 붙여주기도 했다. 그리고 20세기에 달리트들의 운동을 이끈 위대한 지도자 암베드까르 박사가 있다.

대로 누추하기 그지없는 임시로 만든 작은 천막의 쪽방
이었다.

하지만 그곳을 처음 방문해서 내가 느낀 분위기는 호
젓하고 더없이 평화로웠다.

바람은 자고 새들의 소리도 들리지 않았다.

오래 전부터 사람의 발길이 끊긴 것 같은 이곳에서는
졸졸졸 흐르는 시냇물 소리만이 대낮의 지루한 정적을
깼다.

우리들 앞에서 가없이 펼쳐진 드넓은 초원과 짙푸른
숲, 높고 파아란 하늘과 하늘하늘 떠가는 흰 구름은 아
늑하고 한가하여 가난하고 적막한 이 농촌을 더없이 정
겹게 하였고, 내 마음은 그 어느 때보다도 포근하고 평
온해졌다.

오, 님이시여,

그 여자아이가 살고 있다는 그 호젓한 움막 역시 완
벽한 자연 한가운데 평화롭게 자리잡고 있었지만, 그러
나 세상과는 너무나 완전히 단절된 채 처참하게 고립돼
있었다.

내가 사이클릭샤왈라를 앞세우고 여자아이의 집 입

구에 도착하자 약간 늙고 깡마른 인도 여인이 누렇게 바래고 해어진 낡은 사리를 입고 집 앞에 맨발로 망부석처럼 우두커니 서 있었다. 친구가 전날 그 여인과 약속을 해두었던 것이다.

나는 그녀에게 두 손을 합장하여 가슴에 대고 정중히 인도식 인사를 했다. 그리고 얼굴에 화색을 띠고 부드럽고 정다운 얼굴로 상대방을 대하도록 노력했다. 나는 착하고 어진 마음의 문을 열고 남을 대하는 심시(心施)를 보였다.

친구가 오리야말로 나를 소개했다.

조용하고 차분한 모습으로 있던 여인은 그제서야 만면에 가득 미소를 짓는다. 그녀의 이마에는 힌두교도의 표시인 붉은 가루 점이 있었다.

가깝게 가서 직접 본 그 움막은 멀리서 볼 때보다 더 누추하고 더 초라해서, '이런 곳에서도 사람이 살 수 있을까?'라는 생각이 날 정도였다.

순간 나는 찢어지게 가난하고 초라한 그 집 입구에서 신기하고 섬세한 어떤 문양을 발견했다.

맨 흙바닥 위에다 색깔 있는 분말로 그린 것 같은 연꽃 모양의 갖가지 그림이 예쁘게 그려져 있었다. 꽃의

형상은 흰색이 많았고, 그 사이에 빨강색과 파란색도
섞여 있었다.

인도의 시골 풍습의 하나로, 집안의 악귀를 쫓고 가
족의 행복을 비는 마음으로 그리는 그림이란다.

여인은 마침 내가 자기 집을 방문하는 날에 맞춰서
새벽에 일찍 일어나, 정결한 몸과 마음으로 새 손님을
환영한다는 뜻으로 그려 보았다고 했다. 참으로 아름다
운 풍습이자 신묘한 렁골리(백묵, 쌀 반죽 또는 색깔 있는 분
말로 만든 섬세한 디자인) 그림이었다.

나는 즉시 여인에게 진심으로 감사의 인사를 했다.

우리는 집안으로 들어갔다.

구접스레 한 집안은 밖과 구별이 되지 않을 정도로
차가운 맨땅이었다. 햇볕이 들지 않기 때문에 대낮인데
도 어두웠고 매우 좁았다.

나무판자와 야자나무 잎으로 마련된 잠자리 옆에는
몇 가지의 취사 도구가 있었고, 벽에는 인도의 여러 신
들이 모여 있는 낡은 사진 한 장이 걸려 있었다. 그 바
로 밑에는 조그만 그릇에 향을 피워 놓았다.

우리는 어둡고 좁은 그 움막 쪽방 안에서 짜이 한 잔

을 대접받고 홀짝홀짝 들이마셨다. 달콤 쌉싸래한 짜이 맛은 따끈하고 시원하고 약간 맵고 달짝지근했으며 방안을 다소 부드럽고 따뜻하게 했다.

오랜만에 차를 준비하기 위해 인근 마을의 가게까지 가서 차와 설탕과 우유를 구해왔다는 것이다. 손님을 허투루 대접하지 않는 곡진한 마음이 느껴졌다.

참으로 미안하고 부끄러웠고 진심으로 감사했다.

우리는 밖으로 나왔다.

그 집 주변의 마른 땅 위에는 소똥이 사방에 널려 있었다.

인도 여행 중에 소똥이 집 담벼락에 덕지덕지 붙은 초가들을 자주 본적이 있다. 그러나 여기서는 소를 키우지 않기 때문에 여기저기서 직접 주워 온 손바닥만 한 소똥인데, 햇볕에 마르면 점점 더 단단해져 작은 아궁이에 지필 좋은 연료로 쓰인단다.

소는 인도의 전통사회에서 정화의 기능을 하는 것으로서 소똥으로 집안의 부정을 막는 것이다.

마른 나무와 다른 땔감을 사용하면 너무 빨리 불이 붙고 화력이 오래가지 않지만, 소똥 연료는 냄새도 없고 강력한 화력을 갖고 있기 때문에 오래오래 땔감연료로 쓰인다고 했다.

인도 농촌의 자연 땔감 중에서 가장 귀중한 소똥을 여인이 열의에 차 설명해주었다.

집 밖의 날씨는 후터분하지만 시원시원한 바람이 불었다.

멀리 푸르고 드넓은 들판이 펼쳐진다.

어디선가 이름 모를 들꽃의 은은한 향기와 풋풋한 흙 내음의 싱그러움이 간간이 바람에 실려 온다.

이름 모를 들새들이 조잘조잘 지저귀며 시냇물이 졸 졸졸 흐른다.

높고 푸른 하늘에 흰 구름들이 천변만화하여 둥실둥 실 여러 모양으로 떠다닌다.

시냇가와 집 주변에는 커다란 야자나무들이 열병식 하듯 빽빽이 우거져 있다.

우리는 시냇가의 키 큰 야자나무숲 그늘 아래에 앉았 다.

땅바닥까지 늘어진 아름드리 야자나무 이파리들이 크고 넓어서 하늘을 가릴 정도였다.

그 집은 호젓한 곳에 자리잡고 있지만 주변의 풍경은 모두 싱그러운 자연에 둘러싸여서 나는 평화롭고 한가하고 아늑한 정취에 빠져들었다.

길가에 야생 바나나나무들의 무리도 보였다.

그 나무는 키가 작고 잎이 크고 넓으며 모양이 달랐
다. 길고 굵은 가지 하나에 늘어져 있는 꽃 한 송이는
처음에는 푸른색이지만 나중에는 자주색으로 바뀐다고
한다. 그 한 송이 꽃이 점점 커지면서 줄기에 주렁주렁
달려 있는 수십 개의 바나나들도 함께 익어간다고 한
다.

나는 여인과 애틋한 긴 대화를 나누었다. 친구는 오
리야말로 조목조목 도와주었다.

여인은 인도에서 가장 낮은 계급 출신이며 어느 집에
서 가축을 돌보는 일을 오래 했는데, 어느 날 소몰이 갔
다가 언덕에서 넘어져 발을 크게 다친 이후부터 일이
줄어들었고 고생이 이만저만이 아니며 지금은 다리를
절뚝거려 아무 일도 못하고 있다고 했다.

그녀는 여자아이의 친할머니가 아니었다.

어느 날 저건나트 사원 앞에서 허기진 구걸을 하고
있던 여자아이를 데리고 와서 지금까지 애지중지 키웠
단다. 그동안 그들이 달팽이집 같은 한 지붕 아래서 미

운 정 고운 정 나누면서 함께 지낸 기간은 대략 6년은 될 거라고…….

그 당시는 여인이 건강해서 가축을 돌보는 일과 다른 농사일을 함께 하고 살았는데, 지금은 자기가 하던 일을 여자아이가 대신한다고 했다.

한때는 다리도 아프고 적은 허드렛일조차도 없어 며칠을 쫄쫄 굶다가 몇 번이나 자살을 시도했지만, 천신만고 끝에 우연히 아이를 만나고 난 후부터 형편이 조금씩 호전됐다고. 더구나 이제는 눈에 넣어도 아프지 않을 것 같은 친손녀가 되었다고 말하는 할머니의 두 눈에 눈물이 그렁그렁했다.

여자아이의 신분을 증명할 것은 아무것도 없단다.

아이를 처음 데리고 왔을 때 5세 내지 6세쯤 되었을까.

처음부터 여자아이는 자기 이름이 없었고, 나이도 출생지도 몰랐다. 부모도 형제도 친척도 없는 버려진 고아였다. 물론 현재 호적도 없었다. 여성에 대한 범죄가 많고 여아 살해가 빈번한 인도에서 여자아이는 태어날 때에도 축복을 받지 못한다. 태어나자마자 죽임을 당하는 경우가 허다한데 목숨이 질겨서 용케 살아 남았단다. 더구나 여자아이가 나쁜 다른 곳으로 유괴되지 않은 것만도 천만다행이라 했다.

큰 사원 앞에서 다른 버려진 아이들과 함께 인도의 힌두교 순례자들에게 벅시시(구걸하는 사람한테 주는 돈 또는 적선)를 구걸하던 옷은 누더기에 맨발의 가난하고 불쌍한 아이의 운명이 간당간당했다.

이 아이가 소똘이 일을 하기 전에는 할머니와 함께 여러 공장들을 전전하거나, 수십 킬로 떨어진 시내 공사현장으로 가서 꼭두새벽부터 밤까지 시멘트나 모래, 벽돌 등을 짊어지고 날랐다. 하루 종일 꼬박 일해서 번 품삯은 쥐꼬리만 한 돈이지만 더구나 임금체불을 당하지 않는 것만도 고마웠고, 이 공사판의 막노동은 너무나 지치고 힘들긴 해도 오히려 이 일을 계속할 수 없을까봐 걱정이었단다.

언젠가 본적이 있는 기사가 생각났다.

사진 한 장은 장난감 대신 삽괭이를 들고 도로와 경기장 공사현장에서 흙먼지를 뒤집어쓴 아이들의 모습이고, 또 한 장은 어린 여자아이가 맨발도 안쓰러운데 커다란 블록을 들고 자갈길을 걸어가는 모습이었다. 또 다른 한 장은 버려진 고아원의 아이들.

기사 내용에는 여덟 살 여자아이가 소개되었다. 아빠가 죽은 뒤 엄마는 부잣집에 하녀로 들여보냈다. 노예처럼 혹사당하는 대가는 한 달에 약 2500원이다. 하루 종일 청소와 빨래를 하다 매일 밤 11시쯤 주인집 화장실 문 앞의 마루에서 잔다.

"구두를 빨리 못 닦는다고 국자로 때렸어요. 화장실에 물을 빨리 안 갖다 준다고 또 맞았어요."

아이들은 부모와 함께 건설현장에 나와 벽돌을 나르고 곡괭이질을 한다. 집도 부모도 없는 거리의 아이들도 한 끼 식사와 종일 노동을 맞바꾼다. 국제기구와 아동보호단체들은 인도의 아동노예노동문제를 줄기차게 지적해왔다. 그러나 공사판 일도 없는 빈곤층 아이들은 아동인신매매조직에 끌려가 눈이 뽑힌 뒤 거리에서 구걸을 하거나, 관광객의 주머니를 터는 도둑이 된다.

예쁘장한 여자아이들은 성 노예가 되는 경우가 허다하다. 이 때문에 일부에선 "부모와 함께 일하는 것이 일거리 없이 방치되거나 사창가로 끌려가는 것보다 낫다."는 주장도 편다고 전했다.

나는 그 여자아이에 대해 할머니에게 계속 물었다.

이웃의 소몰이 마을 아이들이 들판에서 가끔 벙어리 여자아이를 봤다는 소리를 앞서 들었기 때문이다.

그 아이는 분명코 벙어리는 아니었다.

이웃 동네 아이들이 들판에서 가끔 본 아이는 이 여자아이가 틀림없지만 진짜 벙어리는 아니란다.

이웃 마을과 격리되어 있는 이 누추한 움막집에서 할머니와 단둘이 살고 있고, 아침부터 저녁까지 들판에서 가축을 돌보는 일만 해서, 할머니 외에는 어느 누구와도 거의 말을 안 하고 살기 때문에 이웃 동네 남자아이들이 벙어리로 알고 있었을 것이다.

이 여자아이의 말상대는 사람들이 아니라 가축들뿐이었다.

아이는 날마다 소 · 염소 · 양 · 오리들과 보내는 시간이 전부였다.

그래서 사람들보다 가축들을 몹시 좋아하고, 날마다 대자연 속에서 오직 가축들과 함께 대화하며 어우러져 살아온 셈이었다.

어느 날 오후 숲가의 호젓한 들판에서 가축을 돌보며 빠르게 획 이동하던 그 어린 소녀는 주위의 철저한 무관심과 소외 속에 있었지만, 자기가 매일 돌보던 가축

들에게만은 이 세상에서 가장 사랑을 받고 있었던 것이
다.

이 여자아이의 이름은 '고삐'라고 했다.
할머니가 지어 주었단다.
고삐.
인도의 신, 끄리시나는 어린 시절 들판에서 피리 부
는 목동이었는데, 브린다원(브린다반)이라는 인도의 에
덴동산에서 소몰이 소녀들과 지냈다. 그때 소몰이 소녀
들의 이름이 바로 고삐였다.
나는 고삐라는 이름이 이 소녀에게 매우 알맞은 이름
이라 생각했다.
나는 끄리시나 신을 아주 좋아하고 끄리시나의 신비
하고 아름다운 어린 시절에 대해 알고 있는데, 고삐라
는 이름이 아주 좋은 이름이라고 하니까 소녀의 할머니
는 무척 기뻐했다.

그 여자아이에 대해 할머니가 내게 또박또박 거듭거
듭 이야기해준 것을 모두 요약하면 다음과 같다. 가슴
아리도록 사연이 애통하다.

인도 전역에서도 가장 가난하고도 가장 신분이 낮은 소녀, 고삐의 나이는 11살 아니 12살쯤 될까? 가축을 돌보는 일을 한 지 2년이다.

힌두 사원 앞에 버려진 고아 출신으로 사람들보다 동물들과 더 가깝게 지내고, 인도 오리싸 주 농촌의 들판에서 날마다 가축들과 맨발로 흙을 밟고 지내는 목동, 자연의 아이다.

이 소녀는 남들보다 가진 것이 너무나 적다.

매일매일 반복해서 입는 한 벌의 옷, 휘이휘이 염소나 양 또는 소몰이를 할 때 사용하는 대나무 막대기 하나, 몇 가지 야채로 요리한 식사, 그나마 하루 한 끼는 들판에서 가축들과 혼자 먹을 때가 많다. 가끔 배고플 때면 동네에서 자생하는 바나나 한 개를 따 먹기도 한다.

해가 뜰 때 이웃 마을에 가서 가축들을 모아 들판으로 나가고, 해가 지면 가가호호 가축들을 돌려주고 집으로 돌아온다.

가끔 염소나 양의 새끼가 생기면 그 어린 새끼들을 집으로 데리고 와서 직접 키우다가 다시 주인집에 돌려주기를 아주 좋아하는 아이이다.

오, 독자여!

친구도 없다.

학교도 모른다.

글을 읽거나 쓰지도 못한다.

날마다 말을 거의 하지 않고 지내는 소녀다.

그래서 이웃 동네의 몇몇 남자아이들에게는 틀림없이 벙어리로 알려져 있는 소녀다.

언어가 없는 세상의 참담한 무관심 속에서 너무나 냉엄한 타인들의 사랑을 모르는 소녀다. 전기조차 들어오지 않는 깜깜한 곳, 금시라도 쓰러질 것 같은 누추하고 초라한 움막 안에서 할머니와 함께 사는 걸 좋아하는 표정은 해님만큼 밝고 마음씨가 비단결 같은 소녀다.

시냇가 연못에 주인 없는 어린 오리새끼 한 마리를 키우고 있고, 한번은 들판에서 다리가 부러진 어린 새 한 마리를 집으로 데려와 길러서 날려 보낸 적이 있단다.

할머니는 몇 가지의 사실을 차곡차곡 덧붙였다.

고삐는 부지런하며 매우 인정이 많고 특히 마음가짐이 부드럽고 정직하고 착하며 맑고 밝단다. 고삐는 굳세고 꿋꿋하게 온갖 어려움을 견뎌내고 있으며 이렇게 바른 생각과 바른 뜻을 강하게 품고 마음이 흔들림 없이 잘 살려고 열심히 노력하고 있단다. 또 언제 어디서나 항상 환한 웃음을 띠고 다닌다고 한다. 이처럼 자신을 참되게 살리는 노력은 얼마나 아름다운가.

일 년 내내 아픈 일이 없고 새벽 일찍 일어나 시냇가에서 세수하고 님 나뭇가지로 이를 닦고 집안과 주위를 청소하고, 집안에서 신에게 새벽기도할 때는 특히 얼굴도 모르는 '부모님을 만나게 해 달라'고 두 손 모아 간절히 일심으로 기도한단다.

해가 뜰 때 들판에서 가축들과 함께 해를 향해 기도하고, 집으로 돌아올 때도 언제나 지는 해를 향해 기도한다. 또 잠들기 전에도 처음부터 끝까지 한결같이 여일(如一)한 마음으로!

고삐의 하루는 간절한 기도로 시작해서 간절한 기도로 끝난다.

일이 없어 쉬는 날이면 할머니의 아픈 다리를 주물러 주기도 하고, 일손을 도와주기 위해 시냇가에서 함께 빨래를 하거나 소똥을 모아서 햇볕에 말리기도 하며, 물을 깃고, 바나나나무 숲 옆의 버려진 땅에다 작은 꽃밭정원을 만들어 할머니와 온 종일 둘만의 즐거운 시간을 보낸다고 한다.

　마지막으로 할머니는 내게 고삐와 자신에 대한 뼛속까지 뿌리박힌 가슴 아픈 기억의 엉킨 실타래를 눈시울을 붉히면서 조심조심 풀어 놓았다.

　그들은 현재 인도에서 가장 낮은 천한 신분(불가촉천민)이기 때문에, 숲속에 있는 작은 힌두 사원은 물론이고 저건나트 힌두 사원도 기도하러 들어가지 못하며, 사원과 시장을 오갈 때나 수십 킬로 떨어진 우물가로 무거운 물 항아리를 머리에 이고 먹을 물을 길러 다닐 때도 신분이 다른 사람들이 살고 있는 가까운 마을 길로 바로 가지 못하고 항상 먼 길을 고생고생하면서 빙 둘러 다녀야 한단다. 더구나 신분이 다른 마을의 공동 우물에서는 물을 길을 수 없다. 그러나 소녀는 지금까지 한 번도 남을 원망하거나 불평을 한 적이 없단다.

　할머니는 젊은 시절 우기(몬순) 때는 항아리에 빗물을 받아 식수로 마셨고, 그 물마저 말라버리는 건기 때는 웅덩이에서 길어 온 흙탕물을 마셔 피부병이 걸리거나 설사와 고열로 거의 죽을 뻔한 경험이 여러 번 있었단다. 그 때부터 우물물이 위생적이라는 것을 알았고, 그래서 지금은 멀고 힘들더라도 우물물을 길러 다닐 수밖에 없다는 것이다. 그래서 지금 그들에겐 우물물만이 유일한 희망이자 생명이다.

어느 새 해가 뉘엿뉘엿 넘어가고, 적막한 고삐의 집과 주변의 들판은 삽시간에 어둠이 찾아왔다.

우리는 고삐가 돌아오기까지 비좁은 집안에 조용히 함께 앉아 있었다.

등잔은 있지만 보통 때는 등잔불을 거의 사용하지 않는단다. 등유 값이 들기 때문이다. 실제로도 그들은 별로 호롱불이나 촛불이 필요하지 않다고 한다. 집안에 촛불을 쓰는 것은 무척 위험하다. 이웃 마을에서 촛불을 켜놓은 채 깜빡 잠이 들어 여러 번 화재를 당했고 깜깜한 밤에 볼 일을 보러 다니다가 발을 헛디뎌 여러 번 넘어지기도 했다. 그래서 어두워지면 잠깐 집 밖에서 달이나 별을 보고 있다가 집안으로 들어와 기도하고 일찍 잠들기를 생활화했다.

그날은 호롱불을 켜고 세 사람이 나란히 앉아 있는데 고삐가 돌아왔다.

호젓한 집 밖은 캄캄한 어둠이 무섭게 깔려 있었다.

소녀가 몸을 움츠려 살금살금 조심조심 집안으로 들

어왔다.

움막 안은 향과 짜이 냄새가 섞여서 침침하고 흐릿하게 가득 퍼져 있었다.

소녀는 낯선 사람들이 집안에 있는 걸 발견하고 약간 움칫하며 놀란 토끼처럼 겁을 먹고 몸을 뒤로 조금 물렸다.

할머니가 오리야말로 자상하게 소곤소곤 우리를 소개하는 것 같았다.

어두컴컴한 비좁은 방안에 들어온 고삐의 모습이 희미하고 어렴풋했지만, 나는 고삐에게 "너머스떼"라고 조심스레 인도식 인사부터 했다.

고삐도 "너머스까르……"라고 나지막하게 더듬더듬 내 인사에 대한 존대의 답례를 하는 것 같았으나, 들릴락 말락한 목소리가 매우 작고 가늘어서 내 귀에는 모기 소리처럼 들렸다.

어린 소녀가 너무 갑자기 긴장하고 당황한 탓이었을까.

그 사이에 풀어헤치거나 흐트러진 것 같은 긴 머릿결과 함께 잠깐 고삐의 모습이 희미한 등잔 불빛에 비쳤다.

고삐는 똘똘하고 나이에 비해 체격과 키가 컸다.

얼굴이 뙤약볕에 까무잡잡하게 탔으나 이마가 반듯하고 넓었고 목이 길고 코가 오뚝했다. 꺼칠꺼칠한 맨발이었지만 매우 강단이 있어 보였다.

소녀의 치렁치렁 길게 늘어뜨린 검은 머리칼은 너무 길어서 방바닥에 닿을 듯했으며, 칠흑 같은 머리채는 숱이 무섭도록 많아 어두운 방안을 더욱더 어둡게 하는 것 같았다.

고삐가 할머니의 옆자리에 다소곳이 앉자 으슴푸레한 등잔 불빛에 어렴풋한 전체 모습이 선명하게 드러났다.

천진난만하지만 숫기 없는 얼굴이었고, 두툼한 입술에는 잔잔한 미소를 띠고 있었다. 그 순간, 나도 모르는 사이에 갑자기 '앗' 하고 낮은 외마디 소리를 지를 뻔했다.

누추하고 비좁고 어두운 동굴 같은 방안에서 고삐의 순백한 얼굴은 신비에 싸였고, 짙은 눈썹 아래 그 커다란 눈망울은 방안의 등잔 불빛이 희끄무레했음에도 놀랄 만큼 맑고 밝게 찬연한 빛을 뿜었다.

아아, 지금 이 자리 내 앞에 앉아 있는 고삐는 들판에서 가축을 돌보던 가난하고 불쌍한 맨발의 그 어린 고아 소녀가 아니다. 벵골 지방에서 가장 아름다운 선녀이자 천사며 요정이다.

7

그날 밤 고삐를 만나고 난 후, 방갈로 생활은 다시 원점으로 돌아왔지만 철저하게 혼자이던 이전과는 달리 또 다른 즐거움과 기쁨이 내게 자리잡게 되었다.

내 마음의 변화는 어디에도 정확하게 비유할 수 없을 것 같았다.

가령 가장 소중한 것을 잃어버렸다가 다시 찾은 것 같다고나 할까.

또는 사랑하는 가족이나 연인이 오랫동안 소식이 두절되고 헤어져 있다가 다시 만났을 때 갖는 그런 심정이랄까.

대도시의 바쁘고 복잡한 생활에서 사람들이 귀찮아 떠나온 내가 또 다른 지역에서 만난 사람들과의 새로운 인연으로, 생활이 새롭게 안락해진 것은 스스로도 알 수 없을 정도로 기이하고 신기한 변화였다.

나는 고삐와 할머니를 자주 만나고 싶었으나 우리의 만남은 생각보다 호락호락 쉽지 않았다.

고삐를 만나려면 가축을 돌보는 날을 미리 손꼽아 기다려야 했다.

집 방문 이후 첫번째 만남은 오리싸 주에서 가장 큰 저건나트 힌두 사원 앞에서 흔쾌히 이루어졌다.

우리는 만날 때마다 두 손을 모아 서로 인도식 인사를 다정스럽게 웃으며 주고받았다.

다리를 약간 저는 할머니는 수수한 사리 차림이었으며, 고삐는 해어진 옷을 깨끗하게 빨아 입고 있었다. 둘 다 맨발이었다.

고삐의 긴 검은 머리는 햇볕에 반짝였고, 검고 큰 초롱초롱한 눈망울은 인도식 인사를 하면서 약간 미소를 지을 때 하얀 이와 함께 더욱 크게 돋보였다.

그들과 만날 때면 친구 릭샤왈라도 동행했는데 그들은 신분 때문에 나는 힌두 신자가 아니기 때문에 힌두 사원 입장은 불가능했다.

철옹성 같은 저건나트 힌두 사원 앞에는 전국에서 구름처럼 모여든 인도의 힌두교 순례자들과 특히 알록달록한 꽃무늬와 형형색색의 울긋불긋한 사리를 입은 인도 여인들이 가족들과 사원에 입장하기 위해 신전에 바칠 온갖 물건과 꽃·향·과일을 들고 길게 줄을 서 있었고, 그 옆에는 사람들의 등이나 팔을 툭툭 치며 계속 구걸을 하는 수세미 같은 머리, 앙상한 팔다리, 퀭한 눈을 한 거지들, 장애인들과 힌두교의 수행자인 싸두(사두)들도 여기저기에 자리를 잡고 있었다.

모든 사원 앞과 바자르 근처는 혼돈과 무질서가 점령한 거리의 아수라장이다. 소가 끄는 수레, 남아도는 릭샤왈라들이 벌떼처럼 몰려들고, 더위, 쓰레기, 먼지, 소음, 매연, 까마귀 떼, 외국 여행자들, 시끌벅적한 좁은 길을 따라 미로처럼 들어선 기념품점, 싸구려 여행자 숙소들, 레스토랑, 온갖 물건들을 파는 많은 잡상인들과 짐꾼들도 몰려 북새통을 이루었다. 그 힌두 사원을 중심으로 전개되는 복잡하고 활기찬 이국적인 낯선 모습은 뜨거운 대낮의 열기와 함께 내 마음을 사로잡았다.

릭샤왈라가, 유명한 노수행자인 요기 한 사람이 현재 사원 주위에 와 있다면서 내게 갈 의향이 있는지 넌지시 물었다.

이름도 나이도 잘 모르지만 그 요기 수행자는 설산 히말라야 아래의 어느 힌두 성지(릭샤왈라는 아마 신의 마을 버드리나트가 아닐까 했다)에서 시작해서 여러 경가의 순례지를 거쳐 이 벵골만의 힌두 사원까지 왔다는데, 여기서 며칠 머물다가 다시 설산 히말라야로 돌아간다는 것이었다.

나는 릭샤왈라와 노수행자를 만나러 갔다.

그는 한눈에 노수행자임을 직감케 했다.

힌두 사원 입구와 복잡한 시장 거리에서 약간 떨어진 어느 아름드리 큰 반얀나무 밑에서 그는 해맑고 그윽한 수행자의 모습으로 허리를 꼿꼿하게 가부좌를 틀고 짧은 삼매에 들어 있었다.

그는 지금 완전한 휴식 상태에 있는 것이다.

이마에 위시누 신의 상징이 가로로 세 개 그려져 있는 그 수행자는 턱수염이 희고 길었으며 한 벌의 황색 누더기 옷을 걸치고 있었는데, 목에는 긴 염주, 옆에는 작은 바랑 하나와 나무지팡이가 있을 뿐이었다. 식사는 하루 한 끼, 사원에서 모든 수행자들에게 오전에 한 번 무료로 제공하지만 그는 자주 단식을 한다고 했다.

나는 선정을 끝낸 노수행자 곁으로 릭샤왈라와 함께 다가갔다.

점점 뜨거워지는 한낮의 태양을 즐기기라도 하듯 노수행자는 돌부처처럼 미동조자 하지 않으며 침묵 속에서 고요하고 안락하게 앉아 형형한 눈빛으로 우리를 바라보았다. 때론 오직 침묵만이 진정한 영적인 가르침이 될 수 있다는 것을 암시라도 하듯.

내가 먼저 두 손 모아 정중한 인도식 경배를 하자 그는 부드러운 미소로 답하면서 옆에 앉으라고 손짓을 했다.

그리곤 삭발한 머리에다 헐렁한 흰 인도 옷을 입고 황토빛 흙 위에서 맨발로 서 있는 내 이마의 흐르는 땀을 보더니 물었다.

"더운가?"

노수행자는 나지막한 목소리로 처음으로 입을 열었다.

내가 이마에 흐르는 땀을 닦고 약간 덥다는 손짓을

했다.

"지금 날씨는 몹시 덥지만, 내면의 평화를 가진 자는 시원하네."

그는 간단한 영어와 오리야어로 말했다.

나는 지금 어느 벵골 바닷가의 방갈로에서 혼자 명상하고 가끔 글도 쓰고 아침 저녁으로 바닷가를 거닐면서 일출과 일몰, 박명을 즐기고 있다고 했다.

그러자 노수행자는 고요하고 청정한 모습으로 나를 다시 보면서 말을 계속했다.

"세상은 온통 소음으로 가득 차 있는데, 사람들은 인생의 모든 것을 밖에서 구하고 있네. 안에서 구하게, 안락을. 너무 문자에 끄달리지 말게……."

"……."

"인생은 한바탕 부질없는 꿈과 같은 것이네. 모든 은혜에 감사하며 주고 돕고 베풀고 나누고 받아들여야하네."

"……."

나는 두 손을 합장하고 가슴에 대며 고개를 숙여 인사를 했다.

노수행자는 잠시 침묵을 지키다가 보다 온유한 모습

으로 나를 정면으로 바라보며 꿰뚫어보는 눈빛으로 천천히 말했다.

"그대는 아는가? 현재 인류는 한 치도 진화하지 않았네. 수천 년 전이나 지금도, 우리 어머니의 자궁은 0.001mm도 더 커지지 않았네……."

나는 그에게 처음보다 더 진지하고 더 깊은 관심을 보였다.

그는 느리게 나지막한 목소리로 다시 입을 열었다.

"그대는 아는가? 서양이 자랑하는 세계 최고의 어느 박물관에는 세계에서 가장 크고 비싼 다이아몬드가 있다는데……."

"……."

나는 갑작스럽고도 엉뚱한 뜬금없는 질문에 약간 당황했으나 묵묵부답으로 그의 말에 귀를 기울였다.

"그 보석은, 옛날 서양의 어느 탐험가가 아프리카 아이들이 갖고 놀던 것을 사탕을 주고 바꿨던 것이라네. 그런데, 그 보석도 본래는 돌이나 흙이었지…… 현대인들은 자신이 죽는 존재임을 망각한 채 영원히 살 것이라 생각하고 오직 소유에만 집착하고 있네."

노수행자의 부드러운 목소리는 약간 낭랑한 어조로

바뀌었다.

그의 큰 두 눈은 갑자기 나를 향해 빛을 발하며 정색을 하다가 진리를 설파할 때의 어느 예언자의 모습처럼 사자후를 토했다.

"그대는 명심하게. 이 세상 온갖 것은 덧없이 모두 변하고 사라진다는 것을. 그 어느 것에도 집착 말고 다 내려놓게. 지금 여기 이 현재의 매 순간을 깨어 있게, 영원처럼. 자유롭게 명상하게……."

나는 노수행자에게 두 손을 모아 합장을 하며 정중하게 경의를 표하고 축복을 받았다.

내 생애 단 한번뿐인 오늘 하루를 내 생의 마지막처럼 깨달음을 준 그에 대한 감사와 존경의 인사 외에는 어떤 말도 할 수 없었다.

나는 그동안 힌두성지 히말라야도 다녔고 인도 전역을 많이 여행하면서 가끔 오늘처럼 수행자를 만나기도 했으나, 짧은 시간에 인도의 한 수행자를 만나 인생과 우주의 진리를 듣는 뜻 깊은 기회를 가진 것은 축복이자 아주 드문 인연이었다.

친구 릭샤왈라에게도 감사를 전하며 한 번의 만남이 참으로 아쉽다고 하니까, 방갈로에서 약간 떨어진 벵골

만의 태양사원 앞에서 곧 인도식 새해 축제인 '태양제'
가 열리는데 그때 만행하는 그 노수행자를 다시 한 번
더 만날 수 있다고 했다.

　내가 릭샤왈라와 다시 저건나트 사원 앞으로 갔을
때, 고삐와 할머니가 친구의 자전거 옆에서 우리를 기
다리고 있었다.

　나는 특별히 선남선녀인 우리 일행 모두를 인도 식당
으로 초대하고 싶었다.

　우리는 사원 근처에 있는 인도의 채식 전문 식당으로
갔다. 일행 모두가 채식으로만 생활했기 때문이었다.

　먼저 우리는 손을 씻고 물 대신에 내가 주문한 코코
넛 물을 마셨다.

　식사는 할머니와 릭샤왈라가 의논해서 간단한 인도
요리 탈리를 시켰다. 우리는 각자 접시 대신 바나나 잎
이 놓여 있는 식탁에 앉았다. 식사 전, 잠깐 기도를 하
고 모두 맨손으로 식사를 했다.

　나는 알싸한 인도 음식과 밥과 반찬을 맨손으로 비벼
먹는 것에 익숙하지 못하지만 그들과 함께 식사할 수
있어 즐거웠다.

내가 음식을 다 먹지 못해 남기자 친구는 자기 것을 쌀 한 톨 남기지 않고 먹은 후에 내 것까지 모두 먹어 주었다. 바나나 잎에 묻은 음식까지 쩌빠띠(인도빵)로 닦아 먹어서 설거지가 필요 없을 정도로 깨끗하게 만들어 놓았다. 고삐와 할머니도 마찬가지다.

음식찌꺼기 하나 남기지 않는 그들의 생활 태도에 나는 내심 부끄러움을 느꼈다.

식사 후, 우리는 모두 짜이를 마셨다.

언제 어디서나 인도의 짜이 맛은 달콤하며, 항상 잔잔한 그리움과 추억을 만들어 준다.

식사를 마치고 우리는 사원 근처의 시장을 구경하러 다녔다.

함께 걷기도 했으나 때로는 고삐와 할머니가 친구의 자전거를 타기도 했다.

우리는 길가의 시장 한가운데서 신발가게를 발견했다.

내가 먼저 샌들 한 개를 사고 싶다고 하면서 그들과 함께 신발가게 안으로 들어갔다.

우리 모두 맨발로 다니고 있었기에 나는 먼저 할머니

와 릭샤왈라에게 원하는 신발 한 켤레를 선물하고 싶다고 했다.

그들은 처음에는 약간 망설이며 미안해했으나 자연스럽게 내 호의에 고마워했으며 당장 신발을 신는 것에 익숙하지 않아 선물로 받아들였다.

이제 고삐 차례다.

나는 고삐에게 예쁘고 튼튼한 신발을 선물하고 싶었다.

고삐는 무척 당황하며 난색을 표했다.

신발을 한 번도 신어 본 경험이 없는 고삐는 그럴 수밖에 없었다.

예쁜 신발들을 신어보더니 너무 무겁고 불편하고 답답해하는 것 같았다. 그래서 가볍고 싼 샌들을 당장 신기보다는 선물로 사 주게 되었다.

여기서 할머니에게 전해들은 고삐의 이야기를 하나 더 첨가하고 싶다.

내가 릭샤왈라와 함께 처음 고삐의 집을 방문하고 귀가한 후, 나에 대한 고삐의 첫인상은 문명의 이기에 대한 거북함이었다.

'저 분은 왜 두 눈에 두껍고 무거운 안경을 쓰고 있을

까? 이상하다.'

고삐의 눈에는 내가 쓴 안경이 거북하고 답답해 보였던 것이었다.

그럴 수밖에 고삐의 햇빛처럼 밝고 건강한 눈은 가축을 몰고 들판을 다닐 때 아무리 멀리 떨어진 물체도 단번에 쉽게 알아보았다. 몽골 초원과 사하라나 아라비아 사막의 유목민들의 눈처럼!

고삐의 일상생활은 몇 가지 일로 너무 제한되어 있다.

가축을 몰고 들판을 다니거나 먹는 물을 길러 오기 위해 집에서 멀리 떨어진 우물가로 가는 것 등이다.

나는 고삐에게 익숙하지 않은 다른 장소들을 할머니와 함께 가고 싶었다.

릭샤왈라도 자전거릭샤를 이용하지 않고 우리와 함께 동행하는 조건이었다. 물론 그가 최고로 벌 수 있는 하루벌이를 내가 대신 지불하기로 했다. 릭샤왈라를 만난 뒤 처음으로 그의 자전거를 대절하는 셈이었다.

우리는 고삐가 일이 없는 날을 택해서 두 번째로 만나, 오리싸 주의 주도인 부버네시워르로 동네 밖 나들이를 갔다.

그곳은 옛날 옛적에 인도 전역에서도 가장 신전이 많은 신비한 사원 도시였는데, 벵골만에서 자동차로 약 1시간 거리였다.

그들과 함께한 도시 방문은 뜻 깊은 일이었다.

우리 가운데 고삐가 가장 흥미를 보였던 것은 마침 동물원에 있던 흰 벵골산 호랑이였다. 날마다 가축들과 보내던 고삐에겐 매우 새로운 느낌이었던 모양이다.

내가 고삐에게 가장 좋아하는 것을 묻자, 새들이라 했다.

그래서 나는 고삐에게 새들의 서식지로 유명한 아름다운 찔까호수*를 언젠가 함께 가자고 약속했다.

우리가 거주하는 곳에서 약 60킬로미터 이상 떨어진 곳이다.

부버네시워르를 방문하는 동안 나는 고삐의 또 다른 아리따운 자태를 보면서 새록새록 정이 깊어졌다.

새로운 장소를 방문할 때마다 고삐는 저 푸른 벵골바

---

* 찔까호수(칠카호수) : 아시아에서 가장 큰 반염호이며 수산 자원이 풍부함. 이 호수는 백만 마리 정도 되는 철새(물수리, 기러기, 왜가리, 두루미, 플라밍고 등)로 유명한데, 새들은 멀리 시베리아에서 날아와 이곳에서 겨울을 난다. (11월~1월) 인도 최대 규모의 물새 도래지이다.

다와 같이 탁 트인 벅찬 자유로움과 해방감을 맘껏 맛보는 것 같았다.

고삐는 눈물겨운 기쁨에 검고 큰 눈망울과 하얀 이를 드러내놓고 새실새실 활짝 웃었다. 그 샘물처럼 해맑은 웃음꽃이 온종일 고삐의 얼굴에 가득 피어 있었다.

언젠가 찔까호수를 방문해서 보트를 타고 맹그로브 숲에서 노는 수많은 새들을 보면 고삐는 싱글벙글 더 좋아할 것이다. 그 숲에는 밤마다 반딧불의 축제가 은하수처럼 펼쳐진다고 한다.

그 다음으로 오리싸 주 국립공원이나 야생 동물 보호구역을 함께 가고 싶다.

제일 먼저 큰 강가에서 작은 배를 타고 정글지대로 가서 야생 악어들의 서식지를 구경하며, 강과 숲 사이로 날아다니는 이국적인 아름다운 새들을 본다.

다음날에는 높은 산 정상으로 올라가서 하룻밤을 통나무집에서 보내면서, 함께 산 속 전망대로 나가 불타는 아름다운 저녁놀을 감상하고 이어서 숲속에서 나타날 인도의 나라새인 아름답고 화려한 벵골 야생 흰 공작새들을 볼 수 있을 것이다.

그날 운이 좋으면 벵골 흰 호랑이도 동물원이 아닌 산 속 지하 토굴 전망대에서 직접 볼 수 있을지 모른다.

또 산 정상에서 밤하늘에 손에 잡힐 듯 쏟아지는 반짝이는 수많은 별들과 함께 보내고 싶다.

다음날 하산하는 길에는 먼 정글 숲의 높고 깊은 계곡에서 떨어지는 두 개의 경이롭고 신비한 폭포도 보여주고 싶다. 거기서 생겨나는 여러 가지 무지개들도 함께.

나는 그동안 친구 릭샤왈라와 함께 할머니를 몇 번 만나면서 고삐에 대한 여러 가지의 현실적인 문제들을 진지하게 논의한 바 있다.

내가 고삐를 위해서 할 수 있는 일은 일곱 가지로 다음과 같았다.

첫째, 부모를 찾도록 도와주는 것.

둘째, 서로 서로가 사랑하는 한 가족처럼 지내는 것.

셋째, 외딴 움막을 떠나 우물이 있는 동네로 이사하는 것.

넷째, 학교에서 최소한의 기초 교육이라도 받는 것(할

172

머니의 간절하고 유일한 소망은 가난의 고리를 끊는 것인
데, 그들의 가난과 신분의 대물림이 교육을 받지 못하는
데 있다고 보았다).

다섯째, 자유롭고 평등한 인생을 살기 위해 신분에
억압받지 않는 새로운 종교를 갖는 것.

여섯째, 평생을 바쳐 이뤄야 할 꿈의 목표를 세우는
것(예를 들면 '사랑의 선교회' 회원들처럼 봉사활동).

일곱째, 남을 위해 모든 것을, 목숨까지도 내놓을 그
런 사랑을 실천하는 일.

태양제는 태양의 여신을 모신 신비에 싸인 태양사원
앞 벵골만 해안에서 일 년에 한 번 개최되는 태양의 축
제이다.

벵골바다 근처는 물론 인도 전역에 사는 남녀 순례자
들로 넘쳐난다.

수많은 사람들이 밤을 새우고 새벽이나 이른 아침이
되면 태양제가 열리는 숲가 벵골만 바닷가로 우르르 우
르르 구름같이 모여든다.

평소에는 고요와 정적 속에서 파도소리만이 들리는

넓디넓은 벵골의 바닷가는 어느새 인산인해를 이룬다.

어떤 지방 혹은 어떤 단체의 순례자들이 그들의 종교와 지역을 상징하는 형형색색의 깃발들을 가져와 여기저기에서 바닷바람에 펄럭펄럭 나부끼게 한다.

나는 거의 뜬눈으로 방갈로에 혼자 있다가 이른 새벽에 친구의 릭샤를 타고 축제 현장으로 부랴부랴 갔다.

고삐도 할머니와 이른 아침에 서둘러 이곳에 왔다.

나는 친구의 도움으로 며칠 전 사원 주변에서 만난 적이 있었던 그 힌두 노수행자를 다시 만났다.

그는 이 태양제를 마지막으로 이곳을 떠나 다시 설산 히말라야의 은자 생활인 자신의 바위동굴 꾸빠로 돌아간다고 했다.

그는 속세를 완전히 떠나 해탈을 얻기 위해 기나긴 구도의 길인 방랑하는 고행승의 세계에서 단식과 명상과 요가로 새로운 고요와 안락을 추구할 것이라 했다.

같은 하늘 아래 같은 대지에서 살고 있는 나로서는 나와 전혀 다른 한 인간의 일생이 참으로 신기하고 불가사의하게 느껴졌다.

부서지는 파도소리와 가벼운 바람 소리와 새 소리를

제외하고는 고요와 정적만이 감도는, 태양제가 열리는 벵골만의 성스러운 경가에 수많은 인도인들이 남녀노소를 불문하고 동트기 전에 모두 한자리에 모였다.

그들은 태양제가 열리는 아름다운 벵골의 해변에서 혹은 물속에서, 장엄하게 떠오를 아침 해를, 두 손 모아 손꼽아 기다리고 있다. 그 어느 때보다도 더 지극하고 더 간절한 마음으로!

어느 인도 가족들은 제각기 작은 촛불을 밝히고 있고, 어떤 종교 단체들은 제각기 깃발 아래에서 어떤 진언이나 주문을 함께 웅얼거리면서 조그만 떠블라(타블라) 북이나 씨따르(시타르) 같은 인도 악기에 맞춰 춤을 추고 있으며, 어느 인도 할아버지는 혼자 모래 해변에 앉아 손바닥만 한 흰 천 위에다 작은 향을 피워놓고 작은 경전을 염송하면서 '하레 라마, 하레 끄리시나, 람, 람, 람!……' 같은 진언을 연이어 읊고 있었다.

그리고 이마에 붉은 가루인 빈디를 찍고 화려한 사리를 입은 인도 여인들 사이에 새뜻하게 뻔자비(편자비 : 무릎까지 내려오는 상의와 긴 바지, 어깨에 두르는 숄로 이루어진 인도 여성복)를 입은 어느 인도 소녀가 예쁜 들꽃들에 입 맞추고 나서 다시 두 손으로 그 꽃들을 바다 위로 띄워 보내고 꼬마들은 여기저기서 계속 연을 날리고 있었다.

남자들은 속옷만 입고 물속으로 들어가고, 여자들은 대부분 사리나 뻔자비 옷을 입은 채로 물속에 들어가 있었다. 가끔 사리의 옷자락이나 뻔자비의 어깨에 두른 긴 스카프가 바닷바람에 살랑거렸다.

그들은 모두 맨발로 온 세상의 모든 죄를 씻어주는 뱅골만의 성스러운 경가에 모여 신령스러운 물에 몸을 씻고 마음을 정화시켰다.

아무리 어두워도 새벽은 반드시 온다. 새벽의 회색빛이 물러나고 드디어 아침 박명이 퍼지며 해의 잔영이 서서히 나타나자, 모든 사람들이 바닷가 물속이나 해변에서 선 채로 합장하며 동쪽 하늘을 향해 일제히 어떤 주문을 외기도 했다. 조그맣던 해가 조금씩 조금씩 반원에서 더 큰 반원으로 커지다가 마침내 붉고 장엄한 둥근 모습을 확 드러냈다.

뱅골의 동쪽 바다 위로 지금 막 두둥실 떠오른 아침해는 여기 모인 모든 순례자들에게 환희하는 마음을 갖게 하고, 새로운 축복된 한 해를 맞게 한다.

이제 태양제에 참가한 모든 사람들이 두 손 모아 한 몸, 한 마음이 되어 서로서로에게 축복을 빌어주고 있었다.

나도 노수행자에게, 고삐에게, 할머니에게, 릭샤왈라에게, 그리고 우연히 시선이 닿은 어느 인도 순례자들에게 고개 숙이고 합장하며 진심으로 새해 인사를 나눴다.

태양의 여신이 지켜보는 장려한 벵골만의 해변에서, 정결하고 엄숙하며, 숭고하고 경건하며, 성스럽고 평화로운 태양제에 참가해서 태양의 여신에게 우주의 하나가 되기를 간절히 기원하는 것이었다.

나는 이번이 마지막 보는 기회가 될지도 모르는 한 그루 나무를 닮은 노수행자 곁으로 다가갔다.

그는 평상시처럼 잠잠한 침묵과 고요에 청정한 모습으로 온유하게 맞아주었다.

"그대는 벵골바다의 어느 방갈로에서 혼자 있는가?"

나는 합장하며 묵언으로 고개를 끄덕였다.

"……"

"세성으로부터의 도피는 바로 세상에 대한 진정한 사랑이네, 모든 대상을 분별없이 자기 관점이 아닌 있는 그대로 보도록 하고, 바라는 것 없이 사랑해야 하

177

네……."

"……."

그는 조용한 목소리로 보다 느리게 말을 계속했다.

"열병처럼 자주 멀리 세계를 다니는 것보다 먼저 자신의 안을 한번 여행해 보게……."

"……."

그는 일출을 바라보았다.

"자, 지금 뜨는 해를 보게. 우리는 매일매일 찰나찰나 새롭게 다시 태어날 수 있네……."

그는 내 곁으로 다가왔다.

"그대는 아는가, 이 벵골바다는 히말라야에서부터 여기까지 온 것이네. 물은 잠시도 멈추지 않고 언제나 아래로 흐르거든……."

"……."

그는 잠시 침묵하다가 말을 계속 이었다.

"그리고 이 바다는 위로부터 온갖 종류의 모든 물을 가장 낮은 곳에서 받아 맑게 하고 있네……."

"……."

그는 마지막 작별인사라도 하듯 큰 눈을 바다로 향하면서 말했다.

"저 무욕(無慾)의 바다는 다양한 계급도 수많은 이름
도 버리고 언제나 평등한 하나의 세계를 이루네."

노수행자의 진지한 말에 '저도 조그만 바다가 되고
싶습니다.'라고 말하고 싶었으나 이 말은 차마 입 밖에
내지 못했다. 그러나 그의 한마디 한마디가 전광석화처
럼 내 마음을 통연히 하는 것을 온몸으로 느낄 수 있었
다.

나는 그에게 두 손으로 경배하며 작별인사를 하고 조
용히 그의 곁을 떠났다.

인도의 새해, 새날.

일 년 중에서 가장 크게 떠오르는 아침 해.

시간도 새롭게 바뀌고, 따라서 빛도 더 새롭게 변화
되는 벵골만의 바닷가에서, 장엄하게 벵골바다 위로 두
둥실 떠오르는 새로운 아침 해의 강한 정기가 그동안
방황하던 내 혼을 깊이깊이 각성시키는 것 같았다. 하
루하루가 새롭고 즐거운 날이 될 수 있도록!

태양제에 참가하고 방갈로에 돌아와서 나는 러트 야
뜨라 축제* 때 다시 돌아올 것을 약속하면서 떠날 준비

를 했다.

그리고 혼자 두 달 정도 보낸 벵골바다의 해변을 다시 거북이걸음으로 산책하면서, 이름도 모르는 노수행자의 말들을 다시 한 번 더 곰곰이 되새겨 보았다.

오, 님이시여!

나는 진정 바다처럼 살고 싶습니다.

나는 바다의 작은 물 한 방울이라도 되고 싶습니다.

나와 바다는 하나입니다.

나는 바다가 됩니다.

나는 계속해서 바닷가를 묵연히 혼자 거닐었다.

그러나 아아, 어찌된 일인가.

나는 화들짝 놀라 걸음을 멈추며 그 자리에 얼어붙고 말았다.

내 방갈로를 중심으로 벵골바다의 동서로 둥글고 긴

---

* 러트 야뜨라(라스 야트라) 축제 : 오리싸 주 뿌리(푸리) 지방에서 열리는 여름(6월 또는 7월) 신들이 타는 전차 축제. 이때 저건나트 사원의 거대한 사원 전차를 일 년에 한 번씩 수천 명의 열성 신자들이 끌어 옮긴다. 끄리시나가 고꿀에서 머투라까지 간 여정을 기념한다. 인도전역에서 수천만 명의 순례자와 여행자가 이곳으로 몰려와 이 놀라운 광경을 목격한다.

무지개가 커다랗게 떠 있지 않는가. 그것도 쌍무지개가! 그 쌍무지개에서 수 무지개는 더 아름답다!

무지개가 뜨려면 비와 햇빛이 모두 필요하며 무지개는 일곱가지 빛깔로 하나의 무지개 빛을 이룬다.

내가 넋을 잃고 오래도록 무지개를 바라보자 뜨거운 감동이 대낮의 후끈한 열기와 함께 내 맘 안으로 파고들었다.

그 순간, 나는 충만된 영혼의 안락을 느꼈다.

잠시 후 다시 내가 마음의 평온을 되찾았을 때, 릭샤왈라가 허겁지겁 숨 가쁘게 나를 찾아 쏜살같이 달려왔다.

그는 할머니가 전해 준 참 귀중하고 뜻있는 소식을 하나 가져왔다.

요즘 고삐가 날마다 꿈속에서 잊어버린 자기 아버지를 만나는 꿈을 꾼다고. 숨 쉴 사이 없이 전해 주었다.

나는 친구 릭샤왈라에게, "자네와 고삐, 할머니, 이제 우리는 모두 한가족이네!"라고 힘주어 말하면서 다정히 어깨를 감싸 안으며 간격적인 포옹을 했다. 우리는 서로 보듬는 울력의 마음으로 함께 바닷가를 찬찬히 걷고 또 걸었다.

맨발에 닿는 바닷물과 모래를 밟는 감촉은 새로운 생명의 기운을 샘솟게 한다.

끝없이 펼쳐진 푸른 바다의 수평선과 푸른 하늘이 맞닿는 곳, 그곳은 우리의 영원한 꿈이 있는 곳이다.

우리는 누구나 희망찬 더 나은 밝은 미래를 꿈꾼다.

희망을 가지지 않으면 아무것도 가질 수가 없다. 희망은 멀리 있는 것이 아니다. 꿈이 있는 삶이 모든 것을 가진 삶보다 더 아름답다.

희망은 깨어 있는 꿈이다. 지금 여기 현재 속에 미래가 담겨 있으니, 곧 우리의 가슴 뛰는 희망찬 조그만 새 꿈은 분명히 이루어지리라. ✿

일곱 색깔의 노래

황충상 _ 소설가, 동리문학원장

일곱 색깔의 노래

『아름다운 무지개』 장편소설 '발문 해제'를 어떻게 쓸까? 나는 많이 생각했다. 답이 없는 답을 찾기 위해서. 그 답은 인도의 광활한 벵골바다 위에서 넘실대다가 파도를 타고 모래사장에 와서 흰 빛으로 스러졌다. 이제 나는 모래사장에 스러져 빛나는 흰 빛의 말을 읽어야 한다. 일곱 색깔 이야기를 통해 아름다운 무지개를 보기 위하여. 거기 우리 마음하늘에 걸린 무지개의 정서와 희망을 엿보기 위하여.

새남 작가는 큰 제목「아름다운 무지개」를 위하여 아

름답고 예쁜 일곱 이야기를 썼다. 하나의 이야기를 일곱 몸뚱이로 나누고 일곱 빛깔 이야기 무지개를 피워낸 것이다. 아름다운 무지개 맛을 내는 소설, 그야말로 이야기 하나하나가 낮고 겸손한 음성으로 하늘에 날아오르고 땅에 스며든다. 그 힘의 파장을 빌어 나는 일곱 이야기에게 이름을 주고 일곱 색깔의 노래라 한다.

벵골바다_ 1

작가 새남의 마음눈을 열어 놓은 벵골바다, 아! 칠흑의 밤인데도 끝없이 밀려오는 파도소리가 눈으로 흰 파도를 보게 한다. 보이는 소리, 형상은 귀보다 먼저 눈이 아름답다 한다. 아마도 그래서 벵골바다의 노래는 웃음이다, 아니다 울음이기도 하다. 더 세세한 설명이 필요하다면 벵골바다의 파도는 바람의 노래이다. 아니다, 흰 물의 노래이다.

새남은 이미 알았다. 그가 벵골바닷가 방갈로에 와서 명상에 잠기면 붉은 피도 벵골바다의 파도, 그 흰 물과 하나가 되리라는 것을.

부겐빌레아꽃 _ 2

새남이 벵골바닷가 숲길 꽃들에게 물었다.

너희 이름이 뭐니?

부겐빌레아꽃, 그리고 저는 그냥 들꽃이에요.

방긋방긋 꽃들이 웃으며 새남에게 물었다.

아저씨는 누구세요?

벵골바다에 와서 새로 태어난 남자, 새남이란다.

새들 _ 3

영혼의 자유한 힘으로 이승에 날아와서 저승으로 날
아가는 새들을 아시나요. 새남은 그 새들에게 순정한
먹이를 주었다. 그가 방갈로 문턱에 빵을 뜯어 놓으면
노랑부리새들이, 까마귀들이 와서 쪼아 먹으며 맛있는
노래를 불렀다.

사람 손가락 냄새
그 손가락 끝 마음냄새
참 맛있어요
그리고
바람이 맛있어요
물이 맛있어요
파란 하늘이 맛있어요
또 마지막 맛이 있지요
땅이 맛있어요
땅속 영원한 잠이 맛있어요.

소라고둥 _ 4
벵골바다 그 드넓은 모래밭을
맨발로 걷는 소년
소라고둥 입술로 천 년의 소리를 부르는
소년의 푸른 입술

소라고둥의 입술

태양에 그을린 소년의 입술

거기 벵골바다 수평선이 있어

입술은 입술에게

피리소리를 보냅니다.

릭샤왈라 _ 5

릭샤왈랴는 그의 자전거로 새남의 몸이 가고 싶은
곳, 마음이 가고 싶은 곳에 데려다주었다. 새남에게 그
곳의 자연한 아름다움은 생명의 기쁨이 되고 아픔도 되
었다. 그리하여 숨은 인연의 힘이 지금까지 닫쳐 있던
새남의 마음귀, 마음눈을 열었다. 꿈결에서나 들었지
싶은 바람소리가 일어나고, 황량한 들판을 긴 장대 든
소녀가 가축을 몰고 지나갔다. 순간 이상한 의식의 세
계가 열리는 곳에서 새남은 흰 벵골호랑이를 탄 소녀를
보고 놀랐다. 이것은 현실이 아니라 환상이다. 그 환상
속 현실의 문을 열고, 새남을 향해 고삐 소녀가 걸어 나

왔다.

자연의 아이 고삐 _ 6

가진 것이 없는 소녀 고삐의 열두 살 가슴이 숨 쉬는
소리를 소 염소 양 오리가 듣고 노래로 화답했다. 소는
소똥의 불로 노래하고, 염소는 고기로 노래하고, 양은
젖으로 노래하고, 오리는 알로 노래했다. 그 생동 기운
의 힘은 고삐의 젖무덤을 키워 영원한 자연의 노래가
되었다.

고삐는 본래 젖 짜는 여자, 벵골 흰 호랑이 젖을 짜다
천녀가 된 소녀. 흰 호랑이가 하늘을 날아 달린다. 아,
그 등허리에 고삐가 타고 있다.

태양제 _ 7

두 손 합장하여 절합니다. 태양의 붉은 하늘 열으소
서. 벵골바다 수평선 하늘에 아름다운 지혜의 무지개
뜨게 하소서.

새남의 기도 순박하고 담백한 시가 됩니다.

오, 님이시여!
나는 진정 바다처럼 살고 싶습니다
나는 바다의 작은 물 한 방울이라도 되고 싶습니다
나와 바다는 하나입니다
나는 바다가 됩니다.

새남은 10여 년 인도 여행을 다니면서 인류의 생에 대해서 무슨 말인가를 하고자 그 진리의 말을 찾아 헤 맸다. 그의 처음 인도 여행은 자신을 짊어지고 자신을 찾았고, 해를 거듭한 여행은 짊어진 짐이 자신인 줄을 알면서 비로소 그 무게를 내려놓을 수 있었다. 한없이 투명한 가벼움은 깨우침의 말을 듣게 했다.

"가벼워야 난다. 마음을 비우고 몸의 짐도 내려놓고 다 가벼워지면 누구나 가고 싶은 곳 어디든 날아갈 수 있다."

새남은 이 말을 자신에게 하고, 말의 메아리를 듣고 자 고삐 소녀에게도 들려주었다. 마침내 두 축의 이야 기가 새남에게서 고삐 소녀에게, 다시 고삐 소녀에게서 새남에게 아름다운 무지개를 뿜어 올렸다.

이것으로 일곱 색깔의 노래를 마친다. 부디 일곱 색 깔의 노래가 우리 모두의 하늘에 무지개로 뜨기를 바란 다. ✳

아름다운 무지개

1쇄 발행일 | 2015년 05월 07일

지은이 | 새남(이재희)
펴낸이 | 윤영수
펴낸곳 | 문학나무

출판등록 | 제312-2011-000064호 1991. 1. 5.
편집실 | 110-809 서울시 종로구 동숭4나길 28-1 예일하우스 301호
이메일 | mhnmoo@hanmail.net
영업마케팅 | 120-800 서울 서대문구 남가좌동 5-5 지하1층
전화 | 02-302-1250, 팩스 | 02-302-1251
이메일 | mhnmu@naver.com

ISBN 979-11-5629-024-7 03810